庫

禁裏付雅帳㈠

政　争

上田秀人

徳間書店

目次

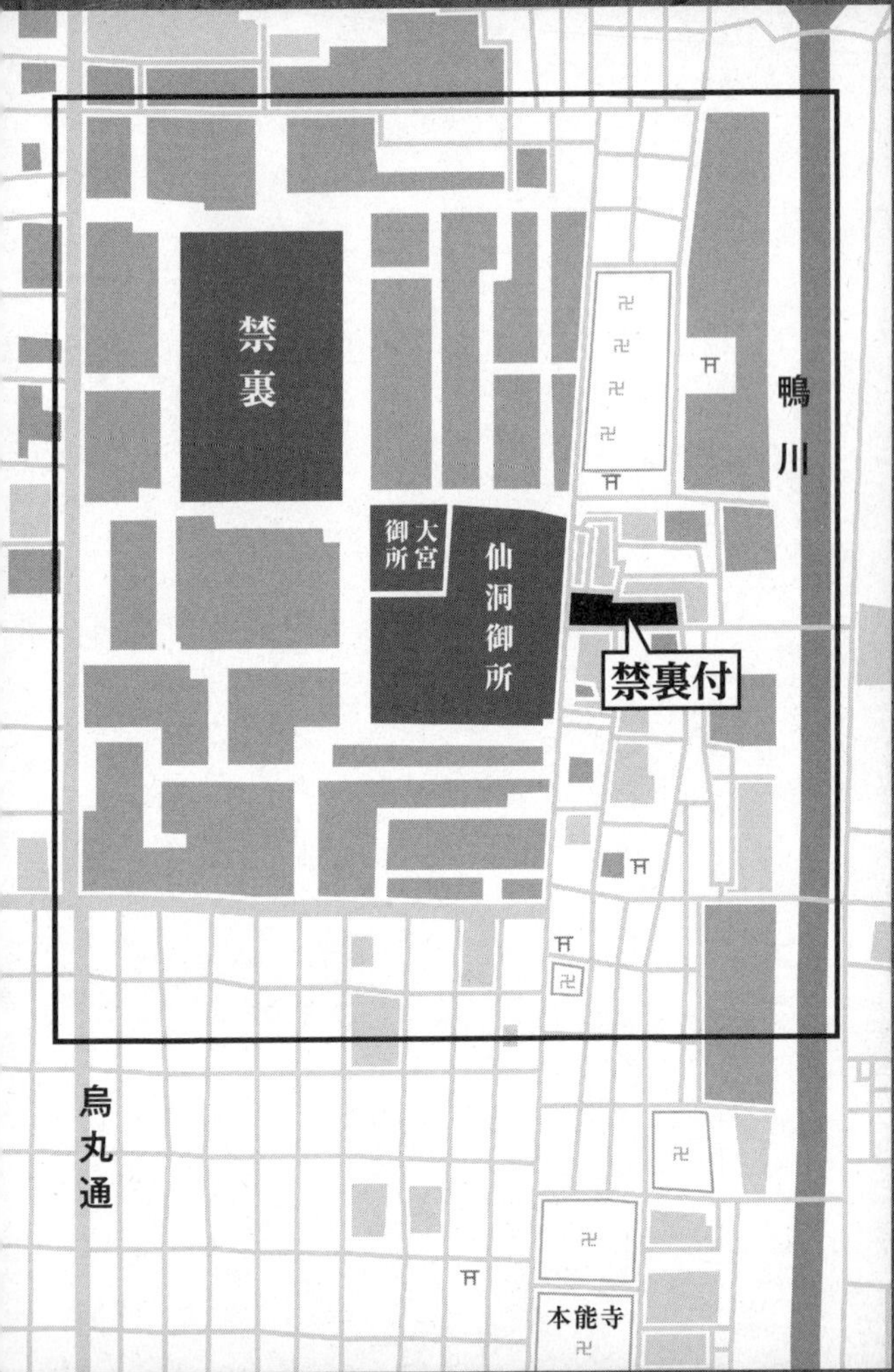

禁裏
大宮御所
仙洞御所
禁裏付
鴨川
烏丸通
本能寺

天明 洛中地図

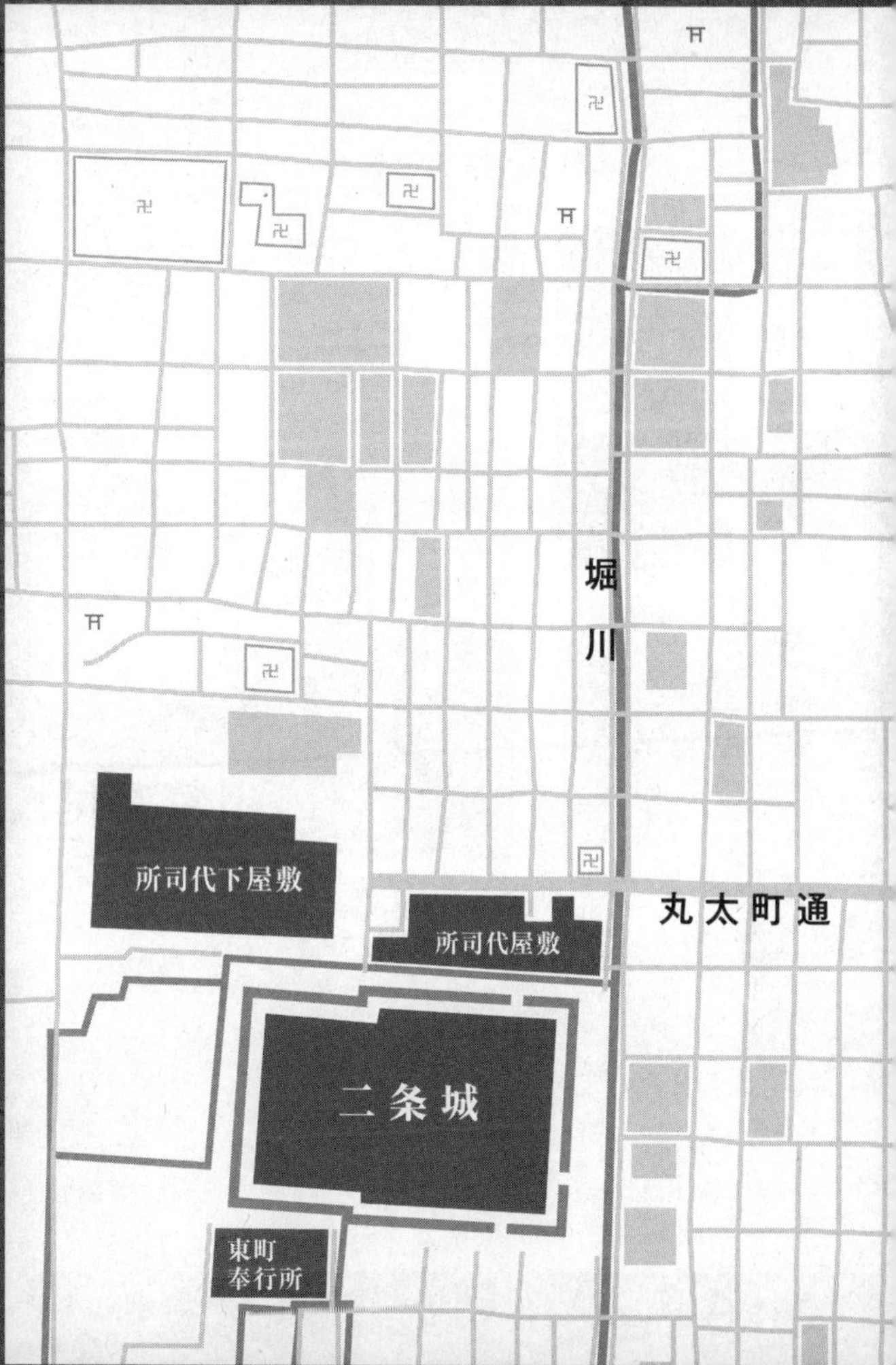

天明　禁裏近郊図

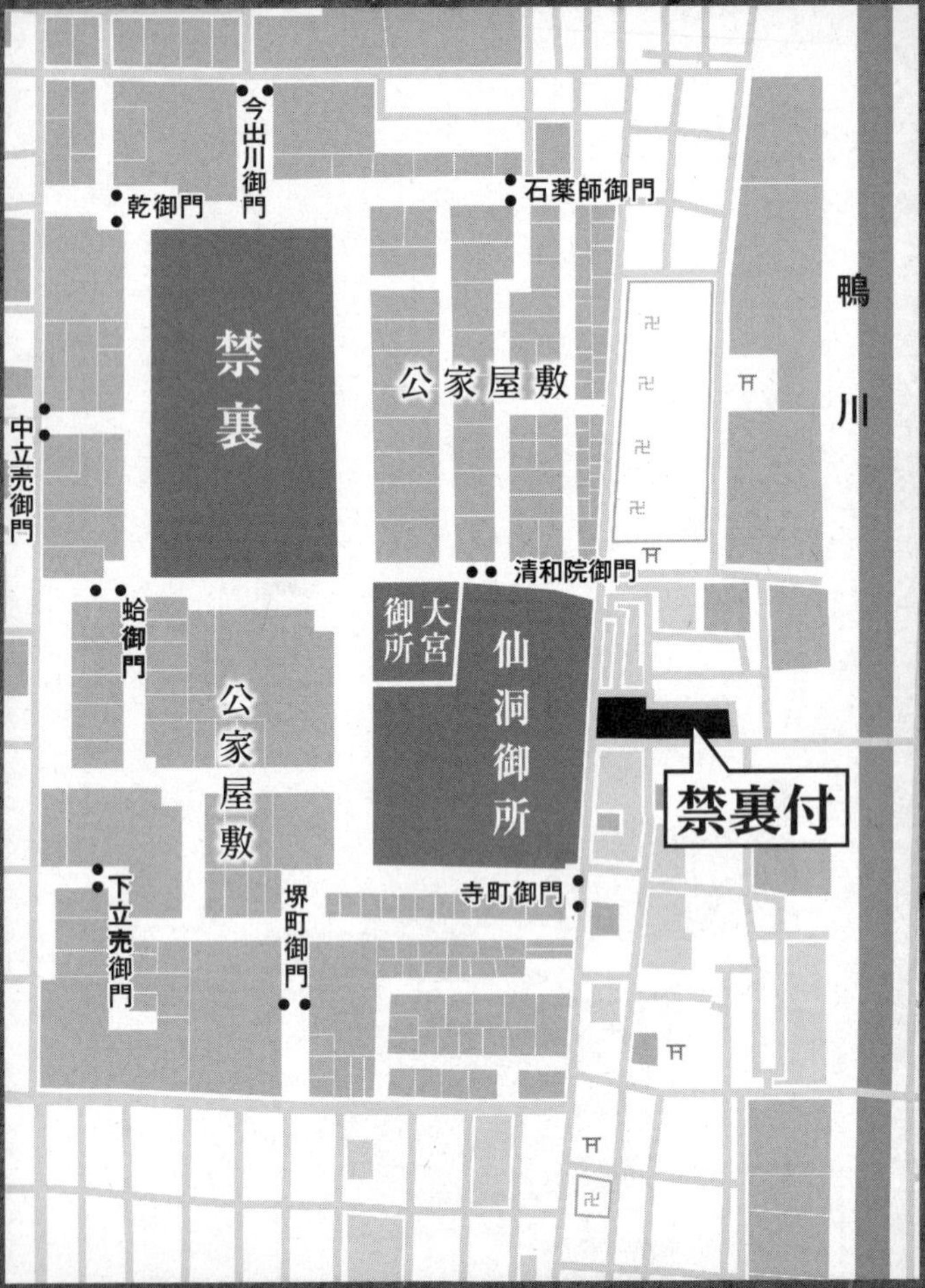
今出川御門
乾御門
石薬師御門
禁裏
公家屋敷
鴨川
中立売御門
清和院御門
蛤御門
大宮御所
仙洞御所
公家屋敷
禁裏付
寺町御門
下立売御門
堺町御門

禁裏（きんり）

天皇常住の所。皇居、皇宮、宮中、御所などともいう。十一代将軍家斉(いえなり)の時代では、百十九代光格(こうかく)天皇、百二十代仁孝(にんこう)天皇が居住した。周囲には公家屋敷が立ち並ぶ。「禁裏」とは、みだりにその裡に入ることを禁ずるの意から。

禁裏付（きんりづき）

禁裏御所の警衛や、公家衆の素行を調査、監察する江戸幕府の役職。老中の支配を受け、禁裏そばの役屋敷に居住。定員二名。禁裏に毎日参内して用部屋に詰め、職務に当たった。禁裏で異変があれば所司代に報告し、また公家衆の行状を監督する責任を持つ。朝廷内部で起こった事件の捜査も重要な務めであった。

京都所司代（きょうとしょしだい）

江戸幕府が京都に設けた出向機関の長官であり、京都および西国支配の中枢となる重職。定員一名。朝廷、公家、寺社に関する庶務、京都および西国諸国の司法、民政の担当を務めた。また辞任後は老中、西丸老中に昇格するのが通例であった。

主な登場人物

東城鷹矢（とうじょうたかや）　五百石の東城家当主。使番（つかいばん）。五畿内十国の諸国巡検使を命じられる。

徳川家斉（とくがわいえなり）　徳川幕府第十一代将軍。実父・治済の大御所称号勅許を求める。

一橋治済（ひとつばしはるさだ）　将軍家斉の父。御三卿のひとつである一橋徳川家の当主。

松平定信（まつだいらさだのぶ）　老中首座。越中守。幕閣で圧倒的権力を誇り、実質的に政（まつりごと）を司る。

安藤信成（あんどうのぶなり）　若年寄。対馬守。定信の股肱（ここう）の臣。鷹矢の直属上司でもある。

戸田忠寛（とだただとお）　京都所司代。因幡守。老中昇格を目前にして冷遇し続ける定信を敵視する。

小堀邦直（こぼりくになお）　京都代官。山城国を代々支配する小堀家の当主。朝廷と親密な関係にある。

二条治孝（にじょうはるたか）　大納言。五摂家のひとつである二条家の当主。妻は水戸徳川家の嘉姫（よしひめ）。

松波資邑（まつなみすけむら）　雅楽頭（うたのかみ）。二条家の諸大夫として治孝に仕える。

近衛経熙（このえつねひろ）　右大臣。五摂家のひとつである近衛家の当主。徳川家と親密な関係にある。

広橋前基（ひろはしさきもと）　中納言。武家伝奏（ぶけてんそう）の家柄でもある広橋家の当主。

阪崎兵武（さかざきひょうぶ）　鷹矢の剣術の師匠。

霜月織部（しもつきおりべ）　鷹矢と行動をともにする徒目付（かちめつけ）。

津川一旗（つがわいっき）　鷹矢と行動をともにする徒目付。

三内（さんない）　鷹矢の産まれる前から東城家に仕える用人。

第一章　諸国の事情

一

控え室とはいえ、座敷の中央に一人で座っているというのは、嫌なものである。いや、正確に言うと一人ではなく、座敷の上手右に目付が控え、じっとこちらを見ている。なにか落ち度がないかと見張っているのだ。

目付は旗本の監察を役目としている。謀叛などの大事はもちろん、城中で畳の縁を踏んだという些細なことにまで、目を光らせる。

「なにか」

目付が目の合った東城鷹矢を睨んだ。

「いえ」

鷹矢は首を左右に振った。

「呼び出しあるまで、平らにして控えておれ」

「はっ……」

命じる目付に、鷹矢は首肯した。

やがて鷹矢の控えている山吹の間の廊下を通り過ぎていく気配がした。

「東城典膳、お呼びである」

山吹の間上手の襖が開いて、奏者番が顔を出した。典膳は東城家代々の名乗りである。

「承って候」

奏者番は、将軍に謁見する大名、旗本を披露する役目である。奏者番の披露の仕方一つで、目通りを願う者の印象がよくもなるし、悪くもなる。鷹矢はていねいに一礼してから、その後に従った。

山吹の間を出て、左に曲がったところに黒書院があった。黒書院は、将軍が大名、旗本に用を命じるとき、役人を任免するときなどに使われる。

黒書院に呼び出されるのは、おおむね慶事といえた。

「ここで待て」

奏者番が黒書院下段の間の襖際に座れと鷹矢に指示した。

「…………」

黒書院では、将軍への応答以外は禁じられる。鷹矢は黙って腰を下ろした。

「公方さまがお見えである。一同控えよ」

案内してきた奏者番ではなく、最初から上段の間にいた奏者番頭が声を張りあげた。

「…………」

鷹矢だけでなく、直属の上司に当たる若年寄、監察の目付、奏者番など、黒書院にいたすべての者が、腰を深く折った。

「面をあげい」

衣擦れの後、上段の間から甲高い声がした。

「使番東城典膳、御前に控えおりまする」

案内役の奏者番が披露した。

「うむ」

満足そうにうなずいたのは、十一代将軍徳川家斉であった。

十五歳の若さで将軍となった家斉だったが、一年で随分と落ち着いた雰囲気を出すようになっていた。

「東城典膳」

「はっ」

呼びかけられた鷹矢は、目だけ上段の間へと向けた。

「五畿十国の巡検を命じる」

家斉が告げた。

諸国巡検使は、使番の大きな任務であった。将軍が就任してから一年以内に発すると決められており、その権は幕府領、御所御領、大名領を問わず発揮できた。全国を主要な数カ国とその周囲をひとくくりにして八つにわけ、その一つを小姓番、書院番から選ばれた一名ずつを率いて巡る。

巡検した国を、美政、中美政、可、中悪政、悪政に分けて、報告し、その内容次第で、改易、減封、転封などの罰を受ける大名が出た。

「謹んでお受けいたしまする」

鷹矢は平伏した。

「励めよ」

最後に家斉がそう言って、目通りは終わった。

諸国巡検使の責任者は若年寄である。が、政務で多忙な若年寄が、実際に巡検することはなく、使番から選ばれた巡検使が事実上の頭となった。

「五畿十国か……」

菊の間南襖際の控え席へと戻った鷹矢は呟いた。

「ほう、貴殿は関西か」

隣にいた同役が反応した。

「ご貴殿は」

鷹矢が問い返した。

「拙者は陸奥、出羽、松前の三国でござる」

同役が答えた。

「出立は決まっておられるや」

「まだでござる。なにぶん、巡検使は受け入れる大名どものつごうもありますゆえな」

訊いた鷹矢に同役が嘆息した。

巡検使が創設されたころは、一々大名に向かうことを報せなかった。当たり前である。監察に行くと表明してから向かったのでは、隠したいものを隠すだけの余裕を与えてしまう。

しかし、泰平が長く続くと、すべてが甘くなる。軋轢よりも協調が重視されるようになっていく。また、巡検使も本来の役目からはずれ、大名たちを厳しい目で見るのではなく、接待や余得を求めるようになる。当然、求められた大名たちは、己の評判をよくするため、巡検使の通行路の村や宿場に命じて、珍味や女などを用意させるようになった。

こうして将軍家代替わりごとにおこなわれる巡検使は、旗本の遊山旅に落ちていた。

「冬になる前に終わりたいところでござるがの」

陸奥、出羽、松前の三国巡検を命じられた同役が願った。

「今日が三月の二十四日でござろう。冬までまだ五カ月はござる。十分ではありませぬか」

鷹矢は述べた。

「まあ、陸奥、出羽、松前にはあまり小藩がござらぬゆえ、巡検する箇所は少のうてすみますがの。それでも距離がござろう。江戸を出て一カ月ではすみますまい。なにせ、松前は船で海を渡らねばなりませぬ。冬の吹きさらしのなかを船でなど、考えただけでぞっといたしますわ」

「たしかに。たしかに」

嫌そうな顔をする同役に、鷹矢も同意した。

「ご貴殿の五畿内十国はいずこでござるかの」

同役が尋ねた。

「大和、山城、河内、和泉、摂津で五畿内でござる。そこに丹波、紀伊、但馬、播磨、丹後を加えて十国」

「いやあ、よいところばかりではござらぬか。冬でも寒くなく、遊ぶところも多うござろう」

同役がうらやましがった。

「そうだとよろしいが……京には京都所司代どのが、大坂には大坂城代さまがおられる。山城、河内、摂津、和泉ではおとなしくしておかねばなりませぬ」

鷹矢が述べた。

京都所司代、大坂城代ともに次の老中といわれる権力者である。そこで巡検使だと威を張って、目でも付けられれば、帰ってきてからたいへんなことになりかねない。

「さらに紀伊は御三家紀州さまの領地。あまり強気に出ては……」

御三家でも紀州は八代将軍吉宗を出したことで、格が上がっている。

「大和もそうでござる。寺社が多いだけに、巡検使は口出しできませぬ」

巡検使は、寺社領に手出しできなかった。

「むうう。言われるとおりだの」

同役がうなった。

「楽しめそうなのは、丹波、播磨、丹後、但馬だけ。気遣いせねばならぬ相手が多い割に、報われませぬな」

「さようでござる」

同情する同役に、鷹矢は嘆息して見せた。

「まあ、巡検使に選ばれただけでも幸運でござる。これから音物が山ほど参りましょうほどにな」

同役が頬を緩めた。

「…………」

鷹矢はだまってほほえむだけに留めた。

東城家は五百石で、武田遺臣の家柄である。武田家滅亡の後、徳川家へ仕え、代を重ねてきた。

「今、戻った」

「お戻りなさいませ」

下城した鷹矢を長年仕えてくれている用人が出迎えた。

「なにかお城でございましたか」

書院を兼ねる居室に入った鷹矢の後に続いた用人が訊いた。

「どうかしたのか」

いつもはそのようなことを訊いてこない用人に、鷹矢が首をかしげた。

「狭山の北条さま、岸和田の岡部さま、出石の仙石さまより、お使いがございまして……」

そう言った用人が、床の間に目をやった。

「おう」

床の間を見た鷹矢は驚いた。白絹、和紙の束、茶箱が置かれていた。

「早いな」

鷹矢が巡検使に任じられたと知った諸藩が、素早くあいさつに来たのだ。

「殿」

「ああ。諸国巡検使を命じられた」

急かす用人に、鷹矢は答えた。

「巡検使……おめでとうございまする」

用人が一瞬、息を呑んだ。

「巡検使は、一度やれば終生喰えるといわれるほどのお役目。よくぞ、よくぞ」

「大げさなことを」

涙を流す用人に、鷹矢はあきれた。

「先代さまが急逝されてより、殿のご出世だけを楽しみに生きて参りました。今日ほど、この三内、うれしいことはございませぬ」

「……」

大仰に喜ぶ三内に、鷹矢はなにも言えなくなった。

鷹矢の父東城鷹興は、目付の在任中に急死した。軽い病を押して目付の激務をこなしているうちに、重篤になり、あっけなく死亡した。

目付としてその任に殉じた東城鷹興を哀れんだ幕府は、その家督相続を認め、さらに鷹矢を使番に抜擢した。

使番は、その名のとおり、幕府の命によって大名家や、寺社、朝廷などに使者として出向くのが役目で、役高千石、役料五百石で布衣格を与えられた。戦国のころの軍使を祖としていることから、武勇と胆力に優れた者が選ばれる名誉あるものであった。しかし、大目付同様、泰平の世では、軍使など重要視されない。五十名近い使番に、そうそう役目が与えられるはずもなく、閑職の一つとなっていた。

「これで当家の内証も一息付けましょう」

三内がほっとしていた。

東城家もご多分に漏れず、借財があった。父の出世でかなりましにはなっていたが、その前長く小普請だったせいであった。

小普請は、旗本、御家人のなかで無役の者が入れられる組である。城の壁の補修や、割れた瓦の交換など、細かい修繕を役目としたのが小普請組であった。もっとも、旗本や御家人に大工、左官のまねなどできるはずもなく、実際は金を出すことが役目であった。

石高によって負担すべき金に差があり、五百石の東城家は一年に十両納めなければならなかった。

五百石取りの年収は金にして、おおよそ二百三十両ほどである。そこから家臣の禄を払い、生活をするだけでなく、旗本としての体面も整えなければならない。おおむね五百石の旗本は、侍二人、甲冑持一人、立弓持一人、槍持一人、草履取一人、挟箱持一人、馬口取一人、小荷駄二人の十人を抱えていなければならない。慶安のころに定められた軍役であり、泰平が続いた現在で、これを守っている旗本は少ないが、それでも奉公人はいた。東城も数代前から、甲冑持ち、立弓持ち、草履取、小荷駄の一人を雇い止めにしている。

奉公人の禄だけで百石は要る。さらに雑用をこなす中間、小者、女中の給料などもある。合わせれば人件費だけで年間百両以上になる。そこに旗本としての体面での消費を入れると、二百三十両では不足してしまう。

幸い、父がお役につき、役料、足し高で相当借財を消せた。しかし、父の急逝で、完済まではいかなかった。

家督を継いだ途端、役職につけたのは父のお陰である。父の勤労振りを愛でた上司が、鷹矢に恩恵を施してくれた。這いあがるにもひとかたならぬ努力と金のかかる、小普請からの出発にならなかったのは幸運であった。

ただ、使番は余得、役得の少ない任であった。その使番が、大きく儲けられるのが、諸国巡検使であった。

幕府に知られてはまずい悪政をしている大名、領内に隠し田を持つ大名はもちろん、なにもない大名でも、巡検使の機嫌を取る。

どれほど良政を布いている大名家でも、細かく領内を巡られては、瑕疵はある。いや、巡検使のなかには、大名の対応に機嫌を損ねて、冤罪を押しつける者さえいるのだ。

そこで、巡検使が決まった途端、その通行路に当たる大名たちは、急いで音物を贈り、手加減を願った。

「筆と紙を持て」

着替え終わった鷹矢は三内に指示した。

「お手紙でございますか。どちらへ」

三内が問うた。

「音物の礼状を出さねばなるまい」

「それはなりませぬぞ」

当たり前のことと答えた鷹矢を、三内が止めた。

「なぜだ。もらいものをすれば礼を返すのが礼儀であろう。吾（われ）が家督を継いだときに祝いをくれた家には礼状を書いたではないか」

鷹矢が首をかしげた。

「なにを言われますやら、殿」

三内があきれた。

「なんだ」

鷹矢はむっとした。

「よろしゅうございますか。巡検使になった途端に届けられたこれら音物は、賄でございますぞ。殿に手加減をしてくださいという意味を持つ」

「それくらいはわかっておる。そこまで世間知らずではないわ」

三内の説明に、鷹矢は一層機嫌を悪くした。

「いいえ、肝心なことをおわかりではない」

鷹矢が産まれる前から用人をしている三内である。鷹矢を育てたといっていい。

「なにがわかっていないというのだ」

鷹矢が迫った。

「賄でございますぞ。賄は御法度。その御法度の音物をもらいましたという受け取りを出す者がどこにおりますか。もらった相手も困りましょう。破り捨てるわけにもいかず、表に出すこともできませぬ。賄を贈った証拠を」

「あっ……」

言われた鷹矢は、小さな声を出した。

「こういったものは、その場で礼を言って終わりにすべきもの。それもできれば、殿ではなく、用人の私が対応したほうがよいのでございまする。これからも、続々とお見えになると思いますが、たとえ屋敷内で使者と出会うことがあっても、お言葉はおかけにならぬようにお願いをいたしまする。もちろん、ご城内で相手方のお大名をお見かけになっても、決して声をおかけにならぬように」

「わかった」

鷹矢はうなずいた。

「もう一つ、もし、顔を合わせたとき、あちら側からなにかお話を持ちかけられても、決して応じられませぬよう」

「向こうから来てもか」

旗本と大名はともに将軍の家臣で同格だとはいえ、向こうは万石をこえる大身である。五百石の東城家としては、決して無視できなかった。

「はい。それを誰が見ているかわかりませぬ。家督相続をすませた途端に使番を拝命なされた殿をおもしろくないと思っておられる方々もおられまする。お使番を振り出しに、先代さま同様、ご出世をなさっていかれなければならぬ殿でございますぞ。足を引っ張られるようなまねをされませぬよう、ご注意くださいませ」

「わかった」

念を押された鷹矢は真顔になった。

二

使番は三日に一日の勤務である。一日城中に詰めたあと二日非番が与えられる。巡検使を命じられた翌日、翌々日の二日、屋敷にいた鷹矢は、来客の多さに目をむいた。

「これほどか」

最初、鷹矢の書斎に置かれていた音物は、あっさりと仏間へと移された。多すぎて、邪魔になったのだ。

「紀州家から、白絹五疋をいただきましてございまする」

三内が報告した。

「御三家さまから……」

鷹矢は驚いた。

たしかに紀州も巡検の対象だが、徳川家康の血を引く御三家である。あまり厳密な巡検をするわけにもいかず、多少のことならば目をつむるべき相手である。そこからも音物が届いた。

「ありがたいことだが、どうする。我が家は呉服商ではないぞ」

使者は打ち合わせたように、白絹を持ってくる。すでに東城家には二十疋をこえる白絹が届いていた。

「大事ございませぬ。献残屋を呼んでおりまする」

「献残屋とは、なんだ。なにを商う」

初めて聞く商売に鷹矢は興味を持った。

「音物を買い取ってくれるものでございまする」

三内が答えた。

「音物を買い取る……買い取ってどうするのだ」

商売はものを仕入れて売る。その儲けで商人は生きていることくらいは鷹矢もわかっていた。

「売るのでございますよ。音物を専門に扱っている店に」

「儲かるのか」

音物を遣り取りするだけである。それほどの手間でもない。大もうけできるとは思えなかった。

「儲かりましょう」

「どうやって」

「ご覧になられますか」

訊いた鷹矢に、三内が言った。

「見たい」

非番ですることもないのだ。鷹矢はすぐに首を縦に振った。

賄を持ってくる使者とはいえ、暮れ六つ（午後六時ごろ）を過ぎてから来ることはない。武家には門限があり、それを過ぎてからの訪問は失礼とされているからである。

「畏(おそ)れ入りまする。備前屋(びぜんや)でございまする」

正門ではなく、勝手口から商人が声をかけた。

「聞いておる。なかへ入れ」

勝手口近くにいた小者が、備前屋を台所へと連れていった。

「お初にお目にかかりまする。備前屋でございまする」

白絹を持って出てきた三内に、備前屋が腰を深く折った。

「献残屋じゃな」

「はい。このたびはおめでとうございまする」

備前屋が祝いを述べた。

献残屋を呼ぶというのは、音物が余っている証拠である。祝い事があったと聞かずともわかる。

「うむ」

三内が鷹揚(おうよう)にうなずいた。

「これを引き取ってくれ」

白絹を三内が備前屋の前に置いた。

「拝見いたしまする」

一礼してから備前屋が、白絹を触った。

「これは関東ものでございますな。こちらは丹波もののような……」

ていねいにすべての白絹を備前屋が鑑定した。

「全部で二十三疋ございます。関東ものも丹波ものも混じっておりますが、合わせて五百七十五匁でいかがでございましょう」

備前屋が懐から小さな算盤を出して、買値を告げた。

「五百七十五匁だと、九両ほどか。いささか安いのではないか」

三内が苦情を言った。

銀六十匁で一両と幕府によって決められている。だが、そのようなものを商人は守っていなかった。小判の金含有量が幕府の都合で変化するのだ。決められたものに従っていては、損をすることもある。交換比率は相場によって変化し、現在は六十四匁で一両ていどであった。

「九両……」

思ったよりも安いと鷹矢も感じた。

「安くはございませぬ。関東ものの売値が一疋で三十五匁でございますれば、二十五匁での引き取りは、かなりよいかと」

備前屋が抗弁した。

「関東ものはそれでよいが、他の産地のものは、いくらなんでも安すぎよう。とくに丹波ものは、高級だという。一疋で七十匁ほどすると聞いた」

白絹はそのほとんどが京で製造される。全国から集めた絹糸が京へ集まるのだが、その産地で値段が違った。三内が反論した。

なぜか関東ものは、質が悪いとされて、もっとも安く、丹波や信濃の絹糸は品質がよいということで高く取引された。

「ではございますが、半分が関東ものでございまして……」

「ならば関東ものだけ引き取っていけ」

まだ渋ろうとする備前屋に、三内が冷たく宣した。

「関東ものだけでは、こちらの儲けが出ませぬ。いかがでございましょう。九両と二分で」

「たった三十匁しかあがっておらぬではないか。話にならぬ」

三内が指摘した。一分は一両の四分の一である。

「では、いかほどであれば」

「十二両だ」

「それはご無体な。十両では」

「十一両ではどうだ」

「……………」

備前屋が考えた。

「まだまだ届くぞ。それもそなたに任そうではないか」

「……わかりましてございまする。初めてのお取引でもございます」

三内の出した金額で備前屋がうなずいた。

「では、これを」

備前屋が紙入れから小判を十一枚出した。

「たしかに。では、今度は三日後に参れ」

「わかりましてございまする。では、ごめんを」

白絹を抱えて、備前屋が帰っていった。

「いかがでございました。あれが献残屋でございまする」

三内が鷹矢を見た。

「ふむう。ああやって儲けるのか」

鷹矢は納得した。

「それにしても、よく絹の値段などを知っておったな」

「次郎右衛門に今朝方聞き合わせをさせましたので」

感心した鷹矢に、三内が答えた。

次郎右衛門とは、東城家で三内とともに侍分として仕えている男のことである。三内同様、譜代であった。

「さすがだな」

「年の功というやつでございますな」

鷹矢の称賛に、三内が少しだけ照れた。

「しかし、意外と安いな」

十一両の小判に鷹矢は目をやった。

「まだ巡検にも出ておられないのでございまする。今までのは挨拶。いざ、巡検に行かれて帰ってこられたときは、数倍、いえ、十倍はいきましょう」

「なるほどな」

さすがにそれくらいは鷹矢もわかった。

「なにか殿が見つけられたりすれば、それによっては切り餅がいくつか届くことになりましょう」

切り餅は、百枚の一分銀を和紙でひとまとめにしたものである。

「怖いな」

それだけの金を出しても、目を瞑ってもらわなければならないほどのことだ。金をもらって見逃して、後日明らかになれば、報告しなかった鷹矢にも咎めは及ぶ。

「大事ございませぬ」

三内が首を左右に振った。

「そのさきは旗本三人とその頭である若年寄さまお一人が咎められることになりまする。そうなれば、幕府にも傷がつきまする」

若年寄には賄が届いていなくても、巡検使の頭には違いない。部下の失態の責任は問われる。

「やはり断ろう」

若年寄を巻きこんで、五百石の旗本が無事でいられるはずもない。鷹矢は、小さく震えた。

「来てからお考えになられてもよろしいかと。すべてお断りになるのは、お避けいただけると助かりまする」

三内が求めた。

「そこまで当家は厳しいか」

鷹矢は唖然とした。

「いえ、今はまだ先代さまと、殿のおかげで随分とましになりましたが、もしまた小普請が続けば、かなり難しい状況になりましょう。できれば、殿の代で、借財をなくし、幾ばくかでも貯められれば」

「そうか」

三内の願いに、鷹矢は肯定も拒否もしなかった。

三

祝いの使者も、日にちが経てば減っていき、やがてなくなる。

ようやく東城家の日常も平静を取り戻した。

「久しぶりに稽古をしたい」

鷹矢は巡検使任命以降の騒動で、己の身体がなまっていると感じていた。

「では、お呼びいたしましょう」

三内が言った。

「いきなりだが、大丈夫か」

「さすがに朝からとは参りますまい。昼過ぎになりましょうが」

懸念を表した鷹矢に三内が告げた。

「それでよい」

「では」

一礼して三内が去った。

東城家には、武道場があった。三代小普請を喰らった先祖が、なんとか出世の足がかりにしようと借財をして邸内に武道場を作った。自前の武道場を持つほどの腕という評判をあてにしたが、あいにく噂になる前に二代前の当主は死亡した。

しかし、近年珍しい自前の武道場は、代を継いだ鷹矢の父鷹興の助けとなった。昌平坂学問所での席次も高かった鷹興は、武芸にもつうじていると言われ、そのお陰で新番へ抜擢された。そこから出世を重ね、目付にまでのぼった。

「役に立つものだ」

事実は剣術をほとんど型くらいしか稽古していなかった鷹興は、己の出世の助けとなった武道場を大切にし、一人息子の鷹矢に剣術を学ばせた。武道場に師を招いて、稽古をさせる。五百石ていどの小旗本でしかない東城家としては、破格なまねであった。

剣術道場の師匠も商売である。出稽古をするに十分な報酬を出せば、ただ一人のためでも来る。

「ご子息には、剣術の才がある」

五丁（約五百五十メートル）ほど離れたところで、陰流の町道場を開いていた阪崎兵武の指導を受け、鷹矢は十年で切り紙、十八年で免許を受けていた。

「免許は、すべてを伝えたとの証ではない。ようやく、剣術使いとしての入り口に立ったというだけのものでしかない。正直なところ、鷹矢はまだ免許にはちと足りぬ。その鷹矢に今、免許をやるのは、家督を継いだ祝いである。決して慢心するでないぞ」

阪崎兵武はそう言って、鷹矢に免許をくれた。

「しばらくは稽古する暇もなかろうが、身体、いや、精神を鈍らせるなよ」

また、三日に一度続けていた出稽古も中止していた。

それ以降、鷹矢が求めたときだけ、出稽古に来るという形になっていたが、役目に就いた忙しさなどから、月に一度武道場を使えればいいほうであった。

「久しぶりである」

昼餉(ひるげ)をすませて一刻(いっとき)（約二時間）、八つ（午後二時ごろ）すぐに阪崎兵武が来た。

「お呼びだていたしまして、申しわけございませぬ」

ていねいに鷹矢は出迎えた。

身分でいけば、剣道場の師匠とはいえ、阪崎兵武は浪人である。浪人は庶民として扱われる。旗本の東城鷹矢のほうが敬意をうけるべきであるが、ものごとを習うとなれば立場は逆転した。

「巡検使に選ばれたそうだな。おめでたいことである。これも先代の遺徳とおぬしの勤務振りじゃ。これに増長せず、謙虚な気持ちを持ち続け、お役目に専心いたせよ」

まず最初に師としての訓戒を阪崎兵武が告げた。

「かたじけのうございまする。今後も弛(たゆ)むことなく精進いたしまする」

下座で鷹矢は受けた。

「では、稽古を始めよう」

「はい」

鷹矢は急いで武道場の壁に掛けられている木刀を二本手にして、阪崎兵武へ近づいた。

「……うむ」

受け取った木刀に軽く素振りをくれた阪崎兵武が首肯した。

「お願いをいたしまする」

すっと三間（約五・四メートル）退いた鷹矢が、木刀を青眼に構えた。

「参れ」

だらりと右手に木刀を垂らした阪崎兵武が稽古始めを宣した。

「……やああ」

稽古は格下からかかっていくのが礼儀であり、決まりごとであった。鷹矢は切っ先を小さく跳ねながら、間合いを詰めた。

「ふん」

　じっと阪崎兵武が、鷹矢の動きを見ていた。

「おうっ」

　間合いが一間半（約二・七メートル）になったところで、鷹矢は上段へと構えを変えながら、突っこんだ。

「……………」

　わずかに半歩左足を引いただけで、阪崎兵武がかわした。

「なんの」

　勢いづいた木刀を力任せに止め、そのまま鷹矢は薙いだ。一撃を外されたときほど、やられやすい。

「ふっ」

　鼻先で笑った阪崎兵武が、木刀を合わせた。

　甲高い音がして、鷹矢の木刀が弾かれた。

「くっ」

　手がしびれた鷹矢は、あわてて柄を握りなおした。

「ほれ」

木刀に意識を落とした鷹矢の首に、阪崎兵武が切っ先を模した。

「参りましてございまする」

鷹矢は降参した。

「稽古が足りぬな。足の動きがたどたどしいぞ」

木刀を下げた阪崎兵武が評した。

「剣術使いならば、稽古不足は死に直結するゆえ、修行を休むは論外だが、鷹矢の本分は、お役目にある。とはいえ、素振りを繰り返すだけの暇がなかったとは言わさぬ」

「はい」

師の叱りに、鷹矢はうなだれた。

「数日素振りをしないだけで、肩と股間と膝、足首の関節が硬くなる。人の身体は関節によって自在に曲がる。関節が固まると曲がる範囲は狭くなる。狭くなれば切っ先の伸びが縮む。一寸（約三センチメートル）届かないだけで、負けることになる」

「……………」

頭を垂れて鷹矢は師の言葉を聞いた。

「もっとも、これは剣術で生きていく者の理である。お旗本には適していない。お旗本は、将軍のためにある。戦場では主君の矛となり、盾になる。そして平時は幕府を支えるために尽くす」

阪崎兵武が続けた。

「おぬしにとって剣術は腕を磨くためのものであってはならぬ。精神を鍛え、どのようなときでも冷静に対処できるようにする」

そこまで言って、一度阪崎兵武が間を開けた。意味がしみ通るのを待った。

「精神を練る。そのための修行である。怠るなど、お旗本としての分にもとることになる」

「……仰せのとおりでございまする」

厳しい指摘に、鷹矢はなにも言い返せなかった。

「家督を継ぐなり役目に就き、今度は巡検使という一代に一度しか選ばれぬ栄誉を与えられ、忙しいのはわかる。だが、おぬしは他の者よりも恵まれているのだ。屋敷のなかに道場がある。普通の侍が、道場まで出向かねば稽古できぬのに対し、おぬしは行き帰りの手間が不要なのだ。小半刻（約三十分）ほどの間が取れぬとは言わさぬぞ」

「はい」

「わかったならば、明日からではない。今日より、稽古を再開いたせ」

「身に染みましてございまする」

師の指導を鷹矢は聞いた。

「では、もう一度じゃ」

「ありがとうございまする」

ふたたび鷹矢は木刀を手にした。

身体が悲鳴をあげるまで稽古をした鷹矢は、阪崎兵武を夕餉に招いた。

「馳走になろう」

出稽古に接待はつきものであった。

「ほう、豪勢じゃの」

母屋（おもや）の客間に移った阪崎兵武が、膳（ぜん）を見て感嘆した。

「いただきものでございますが」

相伴していた鷹矢が説明した。

「いや、口に入れば、ものがどこから来たかなどは、かかわりない。滋養になればよいのだ」

笑いながら阪崎兵武が箸を出した。

「これは鮎の干物か。珍しいな」

「名物だということで、本日紀州家老の安藤どのよりいただきました」

「こちらはなんだ。見たこともないが……酒粕に瓜……いや、違う」

「それは西瓜だそうでございまする。大和郡山の柳沢さまがお届けくださいました」

「五十四年生きてきて、初めて口にするものばかりであるな」

喜びながら阪崎兵武が食事を進めた。

「しかし、巡検使というものは、なかなかにすごいものよな。御三家、十五万石の太守が気遣うのだからの」

食事を終えた阪崎兵武が感心した。

「上様のご威光でございまする」

「当たり前のことを言うな。そなたは虎の威を借る狐、いや、鼠だ。お役目を吾が力だと勘違いして、考えなしなまねをするな」

「重々心得ておりまする」

鷹矢は姿勢を正した。

「うむ。まあ、おぬしが思いあがることはなかろう。そうなったならば、儂が性根をたたき直してくれようほどに」

「……ご勘弁ください」

笑う阪崎兵武に、鷹矢は身を縮めた。

「あれは、おぬしが十五歳のときであったかの。もう、十年も前になるのか」

阪崎兵武が懐かしそうな顔をした。

「…………」

「剣がいささか振れたことで、おぬしは天狗になった。木刀による型稽古ではなく、真剣を使いたがった」

苦虫を嚙みつぶしたような顔をする鷹矢を無視して、阪崎兵武が語った。

「このままではゆがむ。そう儂は感じた。数百の弟子を育ててきたからな。曲がる者は二つに分かれる。いつまでも伸びない己の才能に絶望するか、逆に他人をこえる天分があるとうぬぼれるか、どちらにせよ、剣術の修養から離れていく」

阪崎兵武が懐かしそうに続けた。

「ゆえに、儂はわざと真剣を持たせた」

「覚えておりまする」

手に残る重さを鷹矢は忘れていなかった。木刀より重く、なにより一線を画した真剣の持つ迫力。初めての真剣は、元服をすませる前の鷹矢を昂ぶらせた。

「忘れられてたまるか。儂はおぬしに怪我をさせぬよう、必死であったのだぞ。木刀ならば、他人を傷つけても己は大事なく稽古できる。だが真剣は違う。持ち主であろうとも、その刃に触れれば、切れるのだ。剣に意思はない。敵と味方の区別はつかぬ。ただ、触れる者を斬るだけ」

「…………」

阪崎兵武の言葉に、鷹矢は黙った。

「素振りで力を入れすぎ、臍で止められねば、足を切ってしまう。危なっかしいおぬしの素振りを隣で見ながら、手で支える。一つまちがえば、儂が斬られる。どれほどの束脩をもらおうとも、怪我する義理はない」

「たしかに」

鷹矢も同意した。

「かといって放置するわけにはいかぬ。思いあがった子供の血を頭から下げてやらねばならぬ。でなければ、かならず儂のおらぬところで馬鹿をする」

「…………」

苦く鷹矢が頬をゆがめた。

「真剣でそなたと向き合ったよな」

「はい」

うなずいた鷹矢は身震いした。

「あれほど怖い思いをしたことはございませぬ」

鷹矢が告げた。

「真剣は冗談や試しで抜いていいものではない。命をかけて戦うときだけ、真剣を抜く。そして主持ちの武士が、真剣を使うのは、戦（いくさ）か、主を守るか、己の名前を傷つけられたときだけである。わかるであろう。そのどれもが、敵を倒すまで白刃を納められないときだ」

阪崎兵武が述べた。

「ゆえに、儂はそなたの命をもらい受けるつもりで真剣を構えた」

「……恐ろしゅうございました」

鷹矢がしみじみと言った。

「殺される。それも一刀のもとに斬り捨てられる。そう、思えました」

師の殺気を浴びた鷹矢は、腰を抜かした。

「死中に活を拾うなどというのは、嘘だと知りました。届かぬものは、手を伸ばしても届かぬ。いや、はしごをかけても無理だとも」

「当たり前じゃ。剣術で生きている儂が、十五やそこらの初心者にどのようなことが起ころうとも負けるはずはない」

白湯を喫しながら、阪崎兵武が胸を張った。

「上には上がある。それを覚えただけでも、死にそうな思いをした値打ちはある」

「いささか、割に合わなかった気はいたしますが……」

鷹矢は苦笑した。

「今を無事に生きているならば、過去はどれも教訓になった」

空になった湯飲みを阪崎兵武が置いた。

「では、馳走であった」

阪崎兵武が腰を上げた。

「先生……」

廊下で控えていた三内が、懐紙に包んだ謝礼を渡した。

「いつもお気遣いかたじけない」

紙包みを軽く拝んで、阪崎兵武が帰っていった。

四

「まだ、進発の指示はないな」

今日も呼び出しはなく、鷹矢は嘆息した。

すでに巡検使の任命から、三カ月が過ぎていた。

巡検使は将軍代替わりから一年以内に出るのが慣例とされている。家斉が、将軍宣下したのは天明七年四月十五日である。それから見ればまだ余裕はある。だが、長く待たされるのは嫌なものであった。

「東城氏、いかがなされた」

先日、陸奥、出羽、松前の巡検使に選ばれた同役が声をかけてきた。

「辰沢(たつざわ)氏。いや、巡検使出発の命がなかなかでぬなと」

鷹矢は顔をあげた。

「たしかにの」

隣に腰を下ろしながら、辰沢が同意した。

「前例を見ると、おおむね半年以内には出ているゆえ、そろそろではないか」

辰沢が述べた。

「あと三カ月でございますか」

鷹矢はなさけない顔をした。

「ところで、いかがでござったかの。音物は」

小声で辰沢が訊いた。

「けっこういただきましたが……」

数字を口にするわけにもいかず、鷹矢はごまかした。

「やはりの。五畿十国は裕福なところが多いと聞くだけに、よろしいな」

「辰沢氏はどうでございますか」

「奥州は外様が多うござるゆえな」

　にやりと辰沢が笑った。

　陸奥と出羽には譜代よりも外様大名が多い。六十二万石の伊達家を筆頭に、南部、津軽、佐竹、上杉と十万石をこえる大名が連なっている。

「藩の数は少なくとも、一家あたりがの」

　外様大名ほど格を大事にする。殿中での座を一つあげるために、数万両の金を遣うのが、奥州の外様である。巡検使への音物も、他家に侮られないように派手なものになった。

「それはうらやましい限り」

　辰沢の向こうに座っていた別の使番が話に加わってきた。

「屋野氏は、今回の巡検使には」

「残念ながら……」

　辰沢に言われた屋野が、肩の力を落とした。

「まあ、五十名のなかから八名でござるからの。外れるのも道理」

屋野が小さく首を振った。

「ところで、ご両所、耳にされておられるかの」

「なんでござろう」

屋野の言葉に、辰沢が怪訝な顔をした。

「東城どのもごぞんじないか」

「なにも思い当たりませぬ」

確認された鷹矢も否定した。

「まだ拡がっておらぬようでござるな」

屋野が一人うなずいた。

「なんでござる。お教え願いたい」

辰沢が焦らすなと急かした。

「昨日、病を得た某氏に頼まれて、勤務を代わったのだが、そのとき御老中松平越中守定信さまよりお呼び出しを受けた者がおったのだ」

連日勤務になった理由を最初に屋野が口にした。ささいなことだが、前例と違う行動は反発を呼ぶ。それを避けるための言いわけも役人には必須であった。

「ほう、越中守さまが」

辰沢が興味を持った。

松平越中守定信は、御三卿田安家の出である。八代将軍吉宗の孫で幼少から英邁をうたわれた定信は、白河松平家の養子となったあと老中へと補任されていた。

「なんのために、使番を」

今度は鷹矢が問うた。

十代将軍家治が存命中、権力を恣にした田沼主殿頭意次が、家治の死を受けて辞任して以来、幕閣は白河藩主松平越中守定信の思うがままとなっていた。

「京へ行けと」

「……京へ」

屋野の答えに、鷹矢は怪訝な顔をした。

「所司代とか、町奉行への伝令なら、不思議でもなんでもないぞ」

「いや、その辺りならば、使番を出すまでもない。継飛脚にさせればすむ」

辰沢の発言に、屋野が反論した。

「それはそうだな」

言われた辰沢が引いた。

「京のどこへでござる」

話を鷹矢は戻した。

「五摂家の一つ近衛右大臣さまへじゃ」

「なんと」

「まさかに」

使番は使者になるのが役目である。京どころか、薩摩へ行かされても文句は言えない。山をこえ、海をわたるのも使番の仕事であった。

それが驚いたのは、京へ使者になるには、使番では身分が軽すぎるからであった。

「真かの」

辰沢が疑った。

「本人より聞いたゆえ、まちがいはない」

疑われるのは心外だと、屋野が強く返した。

「どういう使者でござろう」

鷹矢は訊いた。

使者には二種類ある。一つは用件に精通し、相手からなにかを問われたとき返答できる者。もう一つは、飛脚同様手紙を届けるだけの者。

使番は、前者であった。

「聞かれるか」

屋野が確認した。

「是非とも」

「願いたい」

辰沢と鷹矢が身を乗り出した。

城中で噂を聞き逃すほどの失策はない。老中の人事から、旗本の更迭まで、知っているのと知らないのとでは大きな差になった。

「……………」

わざと屋野が黙った。

「わかってござる」

「明日に」

辰沢と鷹矢が苦い顔をした。

「頼みましたぞ。ご貴殿たちと違って、拙者は巡検使には選ばれておりませぬのでな」

屋野は情報に見合う代償を要求していた。

「聞いたところによりまするとな、一橋民部卿に大御所の称号を与えることへの勅許を求めると」

「むうう」

「それは大任でござるな」

辰沢が唸り、鷹矢は感心した。

一橋民部卿とは、十一代将軍家斉の父治済のことである。

「できるのかの」

難しい顔を辰沢がした。

「なかなかに」

屋野も同意した。

「どういうことでござる」

鷹矢は首をかしげた。

「大御所が、なにかはご存じであろうな」

辰沢が訊いてきた。

「前将軍で、座を譲られた方だと」

鷹矢は答えた。

幕府で過去、大御所と呼ばれたのは、初代徳川家康、二代秀忠、八代吉宗、九代家重の四人である。誰もが、我が子に将軍を譲っていた。

「わかったであろう」

答えに辰沢が言った。

「一橋民部卿は、将軍を経験なされていない」

鷹矢は理解した。

「それで近衛さまなのだな」

辰沢が屋野を見た。

「近衛さまは、五摂家のなかで幕府に近いでな」

屋野も同意した。

近衛家と幕府は何度も縁を重ねている。もっとも大きいのは、六代将軍家宣の正室が近衛家から来たことである。

「ご当代の右大臣近衛経熙さまは、尾張徳川家の縁者でもあられる」

近衛経熙は父近衛内前の正室尾張徳川勝子の養子となっている。

「朝廷でのかかわりもお深い。ご正室さまは、後桜町帝の猶子で有栖川宮家の内親王さまであった」

屋野が続けた。

「よくご存じであるな」

「昨日、話を聞いてから調べた」

感嘆する鷹矢に、屋野が明かした。

「東城さま」

そこへお城坊主が来た。

「拙者か」

「はい。若年寄安藤対馬守さまが、お呼びでございまする」

お城坊主が用件を告げた。

「対馬守さまが……案内を願えるか」

鷹矢が腰を上げた。用件がわからなくとも、若年寄安藤対馬守信成は鷹矢の直属の上司になる。呼び出されたら、すぐに応じなければならなかった。

若年寄は、幕府で老中に次ぐ高官である。老中たちのいる上の御用部屋に隣接する下の御用部屋に在し、徳川家の内政を司った。

「こちらでお控えを」

下の御用部屋には、入ることが許されていない。お城坊主が、鷹矢を手前で留めた。

「承知いたした」

鷹矢は首肯した。

老中に比べて若年寄は多い。所用も老中よりは少ない。将来の執政たるための準備のような役目といえた。

「呼び出してすまぬな」

すぐに安藤対馬守が下の御用部屋から出てきた。

「いえ」

礼儀である。鷹矢は一礼した。

安藤対馬守は陸奥磐城平藩五万石の譜代大名である。父の不行跡で美濃加納から一万石を減らされた上で磐城へ転封されたが、その懲罰を乗りこえて、寺社奉行から若年寄へと立身した器量人であった。

そして今回、鷹矢が命じられた五畿内十国巡検の組頭でもあった。

「京へお使番が出たことを知っておるか」

「詳細までは存じませぬが」

訊かれた鷹矢は、隠さなかった。上役に嘘をつくことはやさしい。ただ、つきとおすことは難しい。後日、嘘がばれたときのことを思えば、最初から真実を口にしたほうが、無難である。

「よく知っていたな」

己から振っておきながら、安藤対馬守が感心した。

「使番というのは、いろいろと耳に入るお役目でございますので」

先ほど屋野が言っていた台詞をそのまま、鷹矢は流用した。

「なるほど。いや、そうでなければならぬな」

安藤対馬守が納得した。

「知っているならば、話は早い」

「それがなにか」

　鷹矢は尋ねた。

「ところで、そなたの家は、京に縁があったか」

　質問を無視して安藤対馬守が問うた。

「そのような話は聞いてはおりませぬ。とりあえず、わたくしが知る限り、まったく交流もございませぬ」

　上司の問いには応じなければならない。鷹矢は首を左右に振った。

「ふむ」

　安藤対馬守が顎（あご）に手を当てた。

「巡検使に選ばれるには、そこに縁故が居ないかどうかを確認するのだが、まちがいなかったな」

「…………」

　意味がわからず、鷹矢は無言になった。

「独り身か」

「はい。家督を継いだばかりで、まだ嫁を取るだけの余裕もなく」

確認された鷹矢が述べた。

「係累も少ない……」

一人安藤対馬守が呟いた。

「………………」

訊きたいことがあっても、相手が格上のときは、許しを得なければならない。今、安藤対馬守は思案に入っている。それを中断するわけにもいかない。鷹矢は待った。

「すまぬ。少し放置してしまったの」

「お気遣いなく。お伺いしても」

鷹矢が質問してもいいかと問うた。

「いや、今はなにも答えられぬ。いずれ、話をすることもある。それまで待て。ご苦労であった。戻ってよいぞ」

許可せず、安藤対馬守が下がれと手を振った。

五

十代将軍家治には、跡継ぎが居なかった。正確にはいたが、父親よりも早く死んでしまっていた。

となれば、後継者の問題が浮上してくる。

徳川家には将軍に跡継ぎがなかったときの対策が二つなされていた。

最初の一つは、初代神君徳川家康が創設した御三家である。家康の九男徳川義直（よしなお）を祖とする尾張、十男頼宣（よりのぶ）をはじめとする紀州、十一男頼房（よりふさ）が興した水戸、これを御三家と呼び、将軍に跡継ぎがないときに、人を出すようにと決められていた。事実、実際七代将軍家継（いえつぐ）が早世したとき、紀州家から吉宗が入って八代将軍を継いでいる。

もう一つは、その紀州から将軍になった吉宗が創設した御三卿である。正しくは吉宗の創設になるのは田安と一橋だけで、清水（しみず）は九代将軍家重（いえしげ）が設けたものだが、御三家とは違い独立した藩ではなく、一門衆としてであった。

その歴史からも家康の決めた御三家が格上になる。しかし、将軍との血の近さを見れば、御三卿が優る。

また、その創設の理念が大きく違っていた。

御三家は、将軍の予備であると同時に、尾張、紀州、水戸と要所を押さえるための分家であった。東海道と中仙道を扼する尾張、大坂の後詰めたる紀州、奥州からの進軍の盾となる水戸と、それぞれに幕府を守るため、相応の石高を与えられている。対して御三卿は、独立した藩ではなく、家臣団さえ持っていなかった。御三卿は、その経費として、十万俵を与えられているだけであり、扱いとしては独立していない将軍の身内であった。

分家と身内、どちらに跡継ぎをさせるかとなれば、身内が勝つ。

十代将軍家治の跡継ぎは、御三卿から出されることになった。御三卿といっても一代歴史の浅い清水家は一歩引かなければならない。残るは田安と一橋である。田安には賢丸、一橋家には豊千代という男子がいた。

結果、一橋豊千代が選ばれた。

田安と一橋では、吉宗の次男宗武を祖とする田安が、四男宗尹が初代となった一橋家よりも兄になる。本来ならば田安賢丸が十一代将軍となるべきであった。だが、そうはならなかった。聡明すぎた賢丸は、幕閣に、いや田沼主殿頭の施策に異を唱え、嫌われたのだ。

「将軍となったならば、祖父吉宗公のように、親政をおこない、執政どもの横暴を糺(ただ)す」

元服前からその英邁さで知られた賢丸だったが、いささか世のなかへの理解が足りなかった。政(まつりごと)をあずけられている老中、それを批判する者を将軍にするわけもなく、田沼主殿頭は賢丸をさっさと田安家から放り出した。跡継ぎのいなかった白河藩松平家の養子に出したのだ。

「余はいかぬ」

「養子にはださぬ」

本人も田安の当主だった兄治察(はるさと)も反対したが、幕府を一手に握っていた田沼主殿頭に逆らえるはずもなく、賢丸は白河松平の養子となり、定信と名前を変えた。

結果、最後の候補となった一橋豊千代が、西の丸へ移り、十代将軍家治の死を受けて十一代将軍家斉となった。

家斉は、一橋治済の長男から将軍になった。養父である家治は死んだが、実父一橋治済は存命である。

「将軍の父は、大御所と呼ばれるべきである」

父をこえて将軍となった家斉が、そう言い出した。

「しかし、将軍を経験なされていないお方を大御所にした前例はございませぬ」

幕閣が反対した。

武で成りたっている幕府も、泰平が長く続くと番方よりも役方が幅をきかせるようになっていく。大番組より勘定方、書院番より小納戸と、花形の役目は変わっていく。

そして、書付で動く役方は、前例に従う。過去をなぞれば、己で判断せずともよく、なにかあったときの責任も逃れられる。

幕府役人は、なによりも前例を重視した。将軍の命よりも前例、それが幕府であった。

家斉が愕然とした。

「躬の望みさえかなえられぬのか」

「お任せをいただきたく」

そこに出てきたのが、松平越中守定信であった。

己を将軍後継から放り出した田沼主殿頭にすり寄り大量の賄を渡すことで、老中になっていた松平越中守は、家治の死に伴う田沼主殿頭の失脚を主導し、その後釜(あとがま)に座っていた。

「どうするというのじゃ」

「朝廷から、一橋民部卿に大御所の呼称を許していただきましょう。朝廷が認めたとあれば、誰も反対などできませぬ」

問うた家斉に、松平定信が提案した。

朝廷は政から離れて六百年余り、実際の権力はとっくに失っているが、その権威だけは保ち続けていた。

「越中、さすがである」

まだ幼い将軍は、老中首座の言葉に喜んだ。

「いささか、手間はかかりまするが、お待ちを」

「任せたぞ」

こうして、使番が根回しのために、京の近衛家へと出された。

千年一日と言われた京の都でも、変化はあった。

後桃園(ごももぞの)天皇の急逝は、朝廷に大きな衝撃を与えた。後桃園天皇は、桃園天皇の第一皇子で実母は関白一条兼香(いちじょうかねか)の娘富子(とみこ)と、天皇としては抜群の血筋を誇っていた。

その後桃園天皇が、実父桃園天皇の跡をすぐに継げず間に後桜町天皇が入ったのは、践祚(せんそ)するには、五歳とあまりに幼かったからであった。そのため、朝廷は年齢を稼ぐために、桃園天皇の異母姉を即位させた。

女帝は非常の際に即位する。

他にも皇子、親王がいたにもかかわらず、わざわざ女帝を作ったのは、後の皇位継承でもめないためであった。

至高の座についた女帝は生涯独身と決められていた。夫を求められず、子を生(な)すこともない。これだけで騒動は避けられる。さらに譲位させるときにも女帝は楽であった。継がせる実子がないだけで、随分と地位への執着は薄くなる。

後桜町天皇は、後桃園天皇が即位に耐えられる年齢になるまでの八年という短い期間で譲位した。

伯母から譲られる形で即位した後桃園天皇だったが、その治世は短かった。明和七年（一七七〇）十三歳で践祚、十四歳で大嘗祭をおこなった後桃園天皇は、安永八年（一七七九）二十二歳で急逝した。

病弱であったとはいえ、これほど早く崩御するとは思われていなかったため、朝廷も混乱した。後桃園天皇には内親王しかいなかったため、後継者の指定がなされていなかったのだ。

天皇は万世一系、途切れることなく天下を安寧にたもつ。この大前提が崩れては、朝廷の存続にもかかわる。神である天皇がいるゆえ、日の本は安泰だというのが、朝廷の権威を裏付けているからであった。

やむをえず朝廷は、死んだ後桃園天皇がいまだ生きているとの体（てい）をとり、次代の制定をした。

当時朝廷には皇統を継ぐにたる候補は三人いた。伏見宮貞敬（ふしみのみやさだゆき）親王、閑院宮美仁（かんいんのみやはるひと）親王と弟宮師仁（もろひと）親王であった。

ただし皇統を継ぐ条件が後桃園天皇の遺児欣子（よしこ）内親王を中宮とする条件があったため、すでに正室を持っていた美仁親王は外れた。

残った二人のうち、先帝後桜町天皇と前関白近衛内前は伏見宮貞敬親王を、関白九条尚実（ひさざね）は師仁親王を推した。

「宮家としての格からいけば、伏見宮から出すべきである」

近衛内前の主張は正論であったが、残念なことに貞敬親王は安永四年（一七七六）生まれで、まだ五歳であった。

「後桃園天皇を幼いとして、十三歳まで即位を先延ばしにしたことを忘れたか」

対して、九条尚実の論もまた正しいものであった。

二人の候補の間で、朝議は紛糾した。

「お待ちする余裕はない。すでに先帝は崩御なされているのだ」

いかに秘しているつもりでも、人の口に戸は立てられない。後桃園天皇の死は世間の知るところとなっている。

今は黙っている幕府が介入してくるおそれもあった。

「師仁親王こそ適任である」

十日あまりの議論は九条尚実の勝利で終わった。

「師仁親王の父典仁（すけひと）親王さまのご実妹倫子（ともこ）女王さまは、十代将軍家治の御台所（みだいどころ）になられておられる」

九条尚実の幕府を後ろ盾とした主張が朝議を決定づけたのだ。

すでに家治の御台所であった倫子女王は死んでいたが、それでも縁は残っている。幕府の拒否を受けなくてすむ。

だが、これは表向きであった。

伏見宮貞敬親王の父邦頼親王に、後桃園天皇毒殺の疑いがかかったのだ。

邦頼親王は、伏見宮貞建親王の次男で、勧修寺に入った。ところが、宮家を継いだ長兄が死亡した。そこで後桃園天皇の勅意を受けて還俗、名をあらためて伏見宮家を継いだ。そのとき、後桃園天皇の猶子となっていた。

これが、疑いのもととなった。

猶子は養子よりも軽く、子に準ずるというていどでしかないが、それでも一応の親子関係になる。

そう、伏見宮邦頼親王に皇位継承の権利はあった。

もっとも皇位の条件として欣子内親王との婚姻が付随したため、すぐにその権利は消えたが、そうでなければ立派な皇位継承者であった。それが疑いを呼んだ。

父親が後桃園天皇を毒殺したとあれば、いかに親王家筆頭の伏見宮とはいえ、皇位継承の権利はない。

もちろん濡れ衣であったが、一時は幕府禁裏付が動きかけた。幸い、皇位継承に幕府が介入するのを嫌った朝廷によって疑いはなかったものとされたが、それでも不利には違いない。

こうして伏見宮貞敬親王は皇位継承から落ちた。

後桃園天皇の逝去から十日ほどで、立太子を経ることなく儲君（もうけのきみ）に指定された閑院宮師仁親王は十一月二十五日践祚、翌安永九年十二月四日に即位した。まさに紆余（うよ）曲折を経て、皇位に就いたのが今上帝である。

五歳の伏見宮貞敬親王より歳上（としうえ）だとはいえ、まだ十歳でしかない。まさにお飾りであった今上帝も、今年で十八歳になっていた。

詩歌、古典に明るいだけでなく、なかなかに豪儀な気質で、近来稀（まれ）にみる名君との誉（ほま）れも高い。

出自のかかわりもあり、幕府との仲もよく、朝廷は穏やかであった。

ただ、そのなかで近衛家は冷遇されていた。いかに名君とはいえ、己ではなく伏見宮貞敬親王を推薦されたことがおもしろいはずはない。

今上帝を推した九条尚実が摂政から関白へと順調に出世したのに比して、近衛内前の後を継いだ近衛経熙は内大臣から右大臣と、後塵を拝する形になっていた。

「近衛は出世を願っているはずだ」

松平越中守定信は、そこに目を付けた。

幕府の内意を受けるというのは、難しい。ときの帝が幕府嫌いであれば、その公家も遠ざけられる。とはいえ、収入のほとんどを幕府に頼っているのが朝廷の現状である。嫌ったところでどうしようもない。まして幕府に親しい帝であれば、出世の手助けにもなる。

今上帝が先代将軍家治の義理の甥の今、朝幕の間は良好である。ここで幕府の要望をかなえるために動くのは、近衛にとって利になりこそすれ、損ではない。

「金もくれてやるしの」

近衛家にただ働きをさせるつもりはない。というより、公家にものを頼むとき、金は必須であった。

「出世と金、近衛は必死に動くはずだ」

正式に幕府から朝廷へ、一橋治済に大御所号をと求めるまでに、地ならしをしておく。それも執政の役目であった。

幕府から要請したが断られたでは、将軍の面目がなくなる。将軍の顔を潰したとなれば、その責めは執政筆頭の松平越中守定信が負わなければならなくなる。

「念のために次の手を用意しておいたが、使わずにすみそうだ」

使番を出した松平定信が呟いた。

第二章　旅発ち

一

六カ月経っても、巡検使は出されなかった。

「異例でござる」

さすがに使番たちも動揺した。

巡検使に任じられていながら、役目を果たせていないのだ。就任時に大量の挨拶を受けた者ほど、焦っていた。

「まさか、このままなし崩しになるのではあるまいな」

辰沢が不安そうな顔をした。

「生殺しは勘弁願いたい」

鷹矢も同意した。

選ばれた巡検使たちは皆、不安そうな顔をしていた。

なにせ、ものはもらってしまっているのだ。慣例で、就任祝いをどれだけ受け取ろうが、問題になることはないが、見返りを果たしていない状況では尻が落ち着かない。

「ご用意はできておりますが」

なかにはさっさと来てくれと言外に急かしてくる大名もいる。巡検使に備えて、つごうの悪いものを隠しているのも、限界がある。

それこそ、抜け荷をしている伊達や前田、島津などはたまったものではない。いかに賄をもらっていても、抜け荷は見逃せない。せいぜい、巡検使を港に行かせないようにするのが関の山なのだ。港に近づけなくても、大っぴらに唐船を出入りさせるわけにはいかない。噂が耳に入る。

抜け荷を止めている間は、儲けが出ない。抜け荷のお陰で藩財政を保てている外様にとって、それをしないのは痛手である。さっさと巡検を終わらせ、再開したくて当然であった。

「御上よりの指示待ちでござる」

巡検使に選ばれた使番は、そう言って逃げるしかなかった。

「東城さま」

「ここだ」

菊の間の襖が開いて、お城坊主が鷹矢を見た。

「対馬守さまが」

「お呼びか。今行く」

急いで鷹矢は、前回呼び出された下の御用部屋へと向かった。

「来たか」

すでに下の御用部屋の外で安藤対馬守が待っていた。

「……遅くなりました」

あわてて鷹矢は詫びた。

「よい。ついて参れ」

叱らずに、安藤対馬守が先に立った。

「ここで待つ」

数間歩いただけで、安藤対馬守が足を止めた。

「……ここ。上の御用部屋」

鷹矢は目をむいた。

上の御用部屋は老中の執務室である。下の御用部屋よりもはるかに厳しい入室制限があり、若年寄でさえ、なかに入ることはできなかった。

「御坊主どの、越中守さまを」

安藤対馬守が、上の御用部屋前で控えているお城坊主に頼んだ。

「お待ちを」

お城坊主が、なかへ入っていった。

上の御用部屋に出入りできるお城坊主は、御用部屋坊主と呼ばれる。老中の雑用全般を引き受けることから、政にも詳しい。

どこの大名になにを命じるかなどをいち早く知り、それを欲しがる相手に売り歩くことからかなり裕福であった。

「黒書院溜で待てとのご諚でございまする」

すぐに戻ってきた御用部屋坊主が告げた。

「かたじけない」

御用部屋坊主を敵に回すと、どのような悪い噂を老中の耳に入れられるかわからない。若年寄という高位にいる安藤対馬守が、辞を低くして礼を述べた。

「お邪魔をいたしましてござる」

鷹矢もならった。

黒書院溜は、老中の密談に使われる小部屋である。三方を庭に囲まれているため、盗み聞きされにくい。

「襖は開けておけ。越中守さまがお見えになったとき、わかりやすい」

「はっ」

前に入った安藤対馬守の指示に、鷹矢は従った。

「対馬守さま、お伺いしてもよろしゅうございましょうや」

「ご老中さまがお見えになるまでだ」

願いに安藤対馬守がうなずいた。

「いつ巡検使は出立になりましょう」

「わからぬ」

　鷹矢の問いに、安藤対馬守が首を左右に振った。

「ご老中さまよりのお許しが出ぬ」

「なぜでございましょう」

「それは余の口から言えぬ」

　安藤対馬守が拒絶した。

「どこの巡検もでございましょうか」

　鷹矢は確認した。巡検使には八つの方面がある。関東を巡るものと、九州まで出向く者では、かかる期間はかなり違ってくる。出立を合わせても、帰着には差が出る。ならば、別に出立を同時にする意味はなかった。

「慣例でな、巡検使の出立は同日と決まっている。巡検使一行が黒書院で上様にその旨を言上し、お言葉をいただいてから、大手門より出ていくと決まっておる」

　安藤対馬守が告げた。

「では、巡検使はいかがなりましょうや」

　出るかどうかさえわからない状態では困る。鷹矢はもっとも訊きたいことを尋ねた。

「すべては越中守さまがお見えになってからじゃ」

質問は終わりだと安藤対馬守が遮断した。

それから無言で小半刻（約三十分）が流れた。老中は朝五つ（午前八時ごろ）過ぎから、昼八つ（午後二時ごろ）までしか、城中にいない。これは上が長く残ると、下の者の下城が遅くなってしまうからである。老中はわずか三刻（約六時間）の間に、積み上げられている書付を処理し、政に対する根回し、打ち合わせをすませなければならない。それこそ、寸暇もない。

老中は己で呼んでおきながら、待たせるのが常識とされていた。

「待たせたの」

御殿坊主に先導されて、松平越中守定信が黒書院溜へ来た。

「誰も近づけるな」

松平定信が御用部屋坊主に命じた。

「はい」

うなずいた御用部屋坊主が、静かに襖を閉めた。

「奥へ寄れ」

溜の最奥に腰を下ろした松平定信が、鷹矢と安藤対馬守を招いた。

「はっ」

すぐに安藤対馬守が動いた。

「…………」

その後に鷹矢は続いた。

「対馬守と並べ、声をあまり通したくない」

控えた鷹矢に前へ出ろと松平定信が命じた。

「お言葉に従え」

安藤対馬守が逡巡（しゅんじゅん）した鷹矢に言った。

「ご無礼をいたしまする」

若年寄と肩を並べるのは畏れ多いが、老中の指示とあれば応じるしかなかった。

「うむ」

膝行（しっこう）した鷹矢に、松平定信が首肯した。

「使番東城典膳正であるな」

「はっ。東城典膳正鷹矢でございまする」

人定質問に、鷹矢は答えた。典膳とは、東城家当主の名乗りである。通常、呼ばれるときは、これが使われた。これは親しくない仲で、実名を呼び合うのは礼儀に反することから来ていた。

鷹矢より数えて十代前、まだ東城家が武田の家臣だったときに、戦で手柄を立てた先祖が、褒美として典膳正の官位を与えられた。それを佳しとした東城家では、代々当主が典膳の名乗りを使っていた。

そして巡検使を命じられたことで諸大夫の官位が与えられ、鷹矢は亡父と並んで典膳正の使用を許されていた。

「若いの。いくつになる」

「二十六歳になりましてございまする」

答えた鷹矢から、松平定信が安藤対馬守へと目を移した。

「大丈夫なのか」

松平定信が不安そうな顔をした。

「使番のなかで、係累の少なさでは群を抜いております」

「ふむう」

安藤対馬守の説明に、松平定信が悩んだ。

「今回のお役目には、係累が少ない方がよろしゅうございましょう。あやつらは、血縁というものを道具にいたしますゆえ」

「そんなに少ないのか」

「はい。父も祖父も、曾祖父も男子一人で、兄弟姉妹がおりませぬ。さらに母の実家も、二年前に後嗣なきにつき絶家となっておりまする」

たしかめた松平定信に、安藤対馬守が告げた。

「あの……」

己のことだとはわかっているが、なんのためにそんな話をされているのか、鷹矢は不安になった。

「そなた、親類はおるか」

松平定信が鷹矢を睨みつけた。

「ないわけではございませぬ」

「申せ」

「母方の叔父、父方の縁者など数家」

「父方の縁者は問題ないな。三代以上離れていれば、さすがにどうでもできよう。残るは母方の叔父だが、何役かを務めておるのか」

鷹矢に松平定信が問うた。

「藤崎太右衛門、二百五十石の小普請でございまする」

質問に鷹矢は応じた。

「対馬守、調べよ」

「しばし、ごめんを」

一礼して、安藤対馬守が、黒書院溜を出ていった。

「…………」

残された鷹矢は緊張した。

五百石の旗本など、幕府にとっては下から数えた方が早いほどの小者である。老中、それも将軍の孫と二人きりになるなど経験したことはない。

「東城、対馬が戻ってくるまでに、事情を教えてやろう」

「……お願いをいたしまする」

話を聞かないとどうしようもない。鷹矢は傾聴の姿勢を取った。

「……一橋卿の大御所称号のことについては知っておるか」

わずかに松平定信の声に力が入ったが、そのまま質問に移った。

「噂ていどでございますが」

「それで十分じゃ。上様の御尊父にあたられる一橋民部卿さまへ大御所の称号をお許し願いたいと、近衛卿を通じて朝廷へ話をもちかけた」

「…………」

相づちを打つことさえ、無礼になる。黙って鷹矢は聞いた。

「使番を近衛家に向かわせたことからもわかろう。これは幕府からの正式な要請ではなく、内々の話である」

朝廷へなにかを願うとなれば、内容によっては老中あるいは若年寄が使者に出向く。でなくとも、通常は高家が使いにたった。

「それに対して、朝廷は返答せず、まるで交換条件のように要求してきた」

松平定信が怒った。

「朝廷は、閑院宮典仁親王に、太上天皇の称号を贈りたいゆえ、幕府に支援をするようと申してきた」

「ご無礼をお願いしても」

わからないことが出てきた鷹矢は、質問を願った。

「むっ……よかろう」

話を遮られた松平定信が一瞬、頬をゆがめたが認めた。

「太上天皇とはなんのことでございましょう」

「そなたていどでは知らずとも当然か」

質問の内容に、松平定信が納得した。

「太上天皇は、別名を上皇という」

「上皇……」

さすがにそれくらいは知っている。鷹矢は目をむいた。

「譲位した天皇に贈られる尊号だ。わかるか、これは帝であったお方が、生きておられるうちに譲位なさった場合のもの」

「はい」

理解しているかと言った口調の松平定信に、鷹矢は首肯した。

「それを今上帝は、実父閑院宮に贈りたいと公家中山(なかやま)議奏愛親(なるちか)を通じてお伝えになった」

いかに天下の執政とはいえ、天皇には敬意を表さなければならない。松平定信が軽く黙礼しながら語った。

「どこに……」

思わず鷹矢は声を漏らした。

「なにが問題かと訊いておるのだな」

「これはご無礼を」

確認されて、ようやく鷹矢は己の失言に気づいた。

「よい。この場は許す。中身を理解せずに、ただうなずかれても困る。後で齟齬が出ては、より面倒じゃ」

松平定信が直答を許可した。

「よいか、上皇は帝を一度でも経験しておらねばならぬ。つまり、閑院宮典仁親王を上皇にすることは慣例に従ってもおかしい。禁中並公家諸法度にも違反する」

「それでは、今上帝は法度を……」

それ以上口にするのは不敬になる。鷹矢は口ごもった。

「ふん。ここで話したことが京まで聞こえるか。気を遣うな」

気弱になった鷹矢を松平定信がたしなめた。

「そうだ。法度違反をすると朝廷が通達してきたのだ。いや、黙認しろとのことであろう」

松平定信が述べた。

「なぜ法度違反を」

鷹矢は首をかしげた。

禁中並公家諸法度は元和元年（一六一五）七月十七日、二条城において神君徳川家康、二代将軍秀忠、前関白二条昭実が発布したものである。十七条からなり、朝廷、天皇、公家にいろいろな制限を課した。

「今上帝は、前の後桃園天皇に跡継ぎがなかったことで、閑院宮家から儲君となられた」

儲君は天皇の跡取りをいう。

「ご孝心厚い今上帝は、子であるご自身が父である閑院宮典仁親王よりも上位になることを厭われた。親子という順逆を侵すとしてな」

「それでご父君に太上天皇の称号を」

鷹矢は得心した。

「孝心からでたこととはいえ、これは易々と認められぬものである」

松平定信が首を左右に振った。

「禁中並公家諸法度にある規定を破る……」

「そうだ」

大きく松平定信がうなずいた。

「その第二条に、三公の下に宮家、門跡はおくと明記されている。ちなみに三公とは、太政大臣、左大臣、右大臣のことである」

「つまり、閑院宮典仁親王さまは、右大臣よりも下にある。その宮さまが、上皇になるのは、宮中序列を乱すことになると」

「正確ではないが、おおむねそうだな」

松平定信が、鷹矢の解釈を認めた。

「閑院宮が、実際に上皇になったとしたら、第二条には違反せぬ。ただし、先ほど申したように、上皇になるには、天皇を経験せねばならぬ」

「……………」

「わからぬか。今上帝は、閑院宮を上皇にしたいと言っておられるわけではない。父に太上天皇の称号を贈りたいと仰せなだけなのだ」

「称号がまずいのでございますか」

鷹矢が尋ねた。

「そうじゃ。称号だけだからな。称号は飾りで、実質を伴わぬ。そうよなあ、一例として御三家の水戸家がそうだ。水戸家のことを副将軍と称することがあるのは、知っておるな」

「はい。耳にしたことはございまする」

知っていると鷹矢は答えた。

「だが、幕府に副将軍という役目はない」

「ございませぬ」

「水戸がなぜ副将軍と言われているか……まず第一に、神君家康公の直系である。次に、他の尾張、紀伊と違って、参勤交代を免除された定府、さらに旗本の惣頭という役目を持つことからそう言われてはいるが、一度たりとても、幕府は水戸を副将軍とは認めておらぬ。ただの風評じゃ。世間が勝手にそう呼んでいるだけゆえ、御上はなにも咎めておらぬだけ」

「……あっ」

「気づいたようじゃの」

声をあげた鷹矢に松平定信が言った。

「称号の裏打ちがなければいいと」

「そうだ」

満足そうに、松平定信が首肯した。

「今上帝がこのように幕府に通達をなされず、ただ世間なり、一部の公家なりが、閑院宮を太上天皇と呼んでも、なんにも構わぬ。もちろん、すべてのお言葉が、綸言（りんげん）として公的なものになる今上帝は別だ。どのような場であろうとも、父を太上天皇と呼んでもらっては困る」

厳しく松平定信が断じた。

「それでは、意味がございますまい」

「ああ。ゆえに今上帝は、幕府に話を持ちかけた。朝廷に命じたところで、三公の反対にあうだけだからな。しかし、幕府が認めたならば、三公もなにも言えまい」

松平定信が語った。

「私称ならば黙認できるが、公称となれば禁中並公家諸法度に反してしまう」

鷹矢が問題を整理した。

「ゆえに困惑しておる」

小さく松平定信が嘆息した。

「なにせ大御所問題があるゆえ、あまり無下にもできぬのだ」

松平定信が告げた。

「事情はわかりましてございますが、わたくしをお呼びの理由は……」

鷹矢は最初の疑問へと戻った。

「しばし待て。対馬守の返答を聞いてからじゃ」

松平定信が制した。

若年寄と二人でさえ、気が重かったのだ。それが、今度は幕府の最高権力者、老中首座と密談部屋で二人きりになった。鷹矢は緊張で吐きそうであった。

「お待たせをいたしましてございまする。奥右筆（おくゆうひつ）部屋より写しを持って参りました」

鷹矢にとっては拷問のようなときが過ぎ、ようやく、安藤対馬守が帰ってきた。

「見せよ」

安藤対馬守が手に持っていた書付を、松平定信が取りあげた。

「……ふむ」

素早く目を落とした松平定信が顔をあげた。

「大事ないな」

「はい」

松平定信と安藤対馬守が顔を見合わせた。

「しかし、面倒だな。手間がかかりすぎじゃ。一々個別に書付を探させるのは。右筆どもに命じて、新たな諸家譜を作らせねばなるまい」

松平定信が小さく呟いた。

幕府は三代将軍家光のとき、若年寄太田備中守資宗を頭に、林大学頭羅山を実務執行者として諸大名、旗本の系譜を纏めていた。およそ二年をかけた作業は、その手間のすさまじさからか、その後百年を経過しても、改訂されていなかった。

「御老中さま、今はそのお話では……」

考えこみそうになった松平定信を安藤対馬守が諫めた。

「であった。すまぬな」

松平定信が詫びた。

「さて、東城、そなたを呼び出した理由だが、京へ出てもらう」

「巡検使の出立でございますか」

延ばされてきた巡検使の出番かと鷹矢は勢いこんだ。

「いいや、他の巡検使はまだだが、そなただけ出てもらう」

「えっ」

松平定信の言葉に、鷹矢は目をむいた。

「今上帝を……いかん。言い換えよう。京を脅す材料を探してこいと言っている」

「なにを」

表現を変えた松平定信に、鷹矢は絶句した。

「帝といえども、五摂家の意向は無視できぬ。いや、その下の、清華、大臣、名家もそうだ。押さえつけるわけにはいかぬ」

清華は摂家の下で、大臣、大将を兼任でき、太政大臣まで昇進できる。他の大臣家や名家なども、太政大臣は無理だが、左大臣まであがれる。いわば、公家の名門であった。

「そのあたりの所領を調べ、穴を見つけてこい。所領だけでなくともよい。他のなんでも、公家どもを押さえるだけのものをだ」

松平定信が命じた。

「そのような難しい任はできかねまする」

下手をすれば朝幕の争いの火種となりかねない。鷹矢は拒んだ。

「これだけのことを話しておいて、そうか、ならばしかたないと放免されるとでも」

安藤対馬守が、凄んだ。

「……………」

鷹矢は言葉を失った。

「五百石ごとき、ひねり潰すに書付も要らぬわ。余が、奥右筆に一言いうだけで、東城家は幕臣籍から消える」

「いくら御老中さまでも、それは……」

抗議しかけた鷹矢は絶句した。

「係累がないことを確認したのは……」

鷹矢がおずおずと松平定信と安藤対馬守を見た。

「………」

二人はなにも応えず、冷たい目で鷹矢を見下ろしていた。

「うっ」

鷹矢は押し負けた。

「東城典膳正、そなたに公儀御領巡検使を命じる」

松平定信が宣した。

二

鷹矢の諸国巡検使から公儀御領巡検使への異動は、その日のうちに噂として拡がっていた。

「珍しいことでござるな」

辰沢が驚いた。

「しかし、惜しいことだ」

屋野が声をかけた。

「公儀御領巡検使では、音物が少ないでござろう」

「そうじゃな」

辰沢も同意した。

「郡代で四百俵、代官だと百五十俵ていどでござるからなあ」

公儀御領は、代官あるいは郡代が支配している。関東郡代伊奈家が四千石を与えられているが、他の郡代や代官は目通りもかなわない御家人ばかりである。年貢のごまかしなどをしていたとしても、もともとの禄が少ないだけに、出せる金額にも限界があった。

「東城氏、お気落としのないようになされよ」

「御命とあれば、従うのみでございまする」

気遣ってくれる同役に、鷹矢はそう応じるしかなかった。

異例ともいえる人事の衝撃は、使番だけでなく、江戸城中をゆるがした。

もっとも反応したのは、本来鷹矢が担当すべき五畿内十国の大名たちであった。

「無駄金を遣ってしまった」

返してくれと言えるはずもなく、諸藩の留守居役たちがほぞを嚙んだ。

次に動いたのが、朝廷と近い大名たちであった。

「気になる動きである」

幕府の意向次第で、領地を減らされたり移されたりする大名は、役人の些細な人事でも無視はしない。

「まさかと思うが、太上天皇問題とかかわるのではなかろうな」

少し目端の利く者はお城坊主を金で飼い、城中でのできごとを把握している。

異動の前に鷹矢が安藤対馬守に連れられて、松平定信と黒書院溜で密談していたことも知っている。

さらに朝廷から、太上天皇称号問題への援護を求められてもいる。その当事者が松平定信ともわかっている。

そこから鷹矢の行動に懸念を抱くのは不思議ではなかった。

「巻きこまれてはかなわぬ。遺漏ないようにと京屋敷に報せておけ」

いくつもの大名が早馬を出した。

通常の諸国巡検使は、大名領を監察する。通常、正使の使番一人に、書院番士、小姓番士一名ずつが副使として同行する。

しかし、鷹矢が任じられた公儀御領巡検使は、幕府領と旗本領を担当した。そして、幕府領のなかに、朝廷御領が含まれていた。

また、今回は役目の目的が目的なだけに、書院番士らの副使は付かず、代わりに徒目付が二人従者として付けられた。

徒目付の人選もあり、鷹矢の進発は、任じられてから二十日後にずれこんでいた。

「徒目付、霜月織部でございまする」

「同じく徒目付の津川一旗にございまする」

どちらの徒目付も鷹矢より十歳は上に見えた。

「使番東城鷹矢である。よしなに頼む」

鷹矢も名乗った。

「同行するのは、我が家臣の磯野次郎右衛門と吉次郎じゃ」

巡検使には、従者を引き連れていくことが認められていた。鷹矢は従者二人を紹介した。

「では、参ろう」

そう告げて、鷹矢は騎乗した。

巡検使は布衣格であり、騎乗身分であった。どうしても馬のほうが歩みが早い。行列という騎乗と徒が混在する同行は難しい。巡検使一行のなかで鷹矢が最上位になる。同行者は鷹矢に気を遣わなければならない。当然、鷹矢の馬に合わせてしまう。そうなれば、徒が無理をすることになる。

旅の無理は、かならず祟る。

江戸の市中ほど街道は整備されていない。木の根が出ていることもあるし、穴が開いているときもある。歩きにくいうえに、無理を重ねれば足に来る。

さらに悪いことに、庶民の遊山旅ではないのだ。疲れたから今日は休もうというわけにはいかない。公用旅は、江戸を出るときに、旅程が決められる。こうしないと本陣が使えないからであった。

巡検使は将軍の代理という扱いになる。将軍が脇本陣に泊まるわけにはいかないし、他の大名に本陣を譲ることなどできない。かならず本陣を使わねばならないだけではなく、一人で独占することになる。

ところが、東海道ともなると、各大名の行列の通行も多い。参勤交代の時期でなければ、かなり往来は少ないが、まったくなくなるわけではなかった。

藩主だけでなく、一門などの移動があるのだ。本陣に先客がいることもある。

もちろん、先に誰かが本陣にいようとも、将軍代理の巡検使ならば、追い出せる。だが、あまり好ましいとはいえない。追い出された大名は、どこかに宿を求める。となれば、他の誰かを押しのけるしかなくなる。それが身分の上から下へと連鎖していくのだ。宿場は右へ左への大騒動になる。

それを防ぐためにも、あらかじめいついつ泊まると連絡しておくのだ。

とはいえ、旅のことだ。雨もあれば、渡河のつごうもある。一日や二日は簡単にずれる。予約などあてにならない。では、どうするのかといえば、本陣を数日押さえてしまうのだ。

となれば、道中をする大名たちは困るかというとそうでもなかった。あらかじめ、巡検使が泊まるとわかっていれば、その宿場を避けることができる。下手に同じ宿場でかち合って目を付けられるよりは、多少の不便のほうがはるかにましであった。

「……………」

鷹矢は馬を扱うのに慣れていなかった。五百石では馬を飼っていないのが普通である。使番は馬に乗れるのが条件である。内々に報せを受けてから、慌てて馬術を習ったが、そうそう上達するはずもなく、かろうじて落馬しないといったていどであった。

「品川を出られたら、歩かれてもよろしいかと。馬を帰されても問題はございませぬ。巡検地に着いたところで問屋場から馬を借り出せば」

年嵩の徒目付霜月が勧めた。公用旅は、江戸を出るまで騎乗が慣例であった。これは、諸藩江戸詰の藩士や庶民の目を意識したものであった。

「そうさせてもらおう」

東海道五十三次をずっと馬に乗ったままでは、慣れていても辛い。ほぼ初遠乗りである鷹矢には、ありがたい申し出であった。

「任せる」

品川を出たところで、鷹矢は馬を降り、手綱を吉次郎に預けた。

江戸から京へは、十日ほどの日程である。休みなしに走る継飛脚でも七日はかかる。

これは箱根峠、大井川などの難所が多いからであった。

「これは厳しいな」

箱根の山道にかかった鷹矢は嘆息した。

「これはかなりなものでございますなあ」

霜月が峠を見上げた。

「箱根八里を天下の険と申しますが、誇張ではありませぬなあ」

津川も同意した。

小田原宿まで四日、一緒に旅をしてきたことで、鷹矢と徒目付たちとの距離は縮まっていた。

「まあ、他の旅人と違い、関所で止められないだけましでござろう」

霜月が言った。

「先触れに参りましょう」

津川が早足で峠を登っていった。

徒目付は下級旗本あるいは御家人のなかで武芸にすぐれた者が任じられる。役高百俵二人扶持で、三名の組頭の下に四十人が配された。

主たる任務は、お目見え以下の旗本、御家人の監察、登城する大名の見張り、江戸城代の宿直などであった。

また、組内でとくに武芸を得意とする者が選ばれて、隠密となった。幕府の命で、役人や旗本を探索したり、諸国へ派遣された。

今回は遠国探索御用の一つとして、霜月と津川は、鷹矢に付けられた。

「速いな」

あっという間に見えなくなった津川の強靱な足腰に、鷹矢は驚いた。

「徒目付でござるからな」

少し霜月が誇らしげに胸をはった。

「東城氏もかなり修行をなされていると聞きました。お屋敷に武道場をお持ちとか」

「腕が立つとはまちがっても申せませぬが。剣の持ちかたを知っているていどでござる」

鷹矢は謙遜した。

「いや、この悪路で腰から上がしっかりと据わっておられる。なかなかの修養できるものはござらぬぞ」

霜月が褒めた。

「いやあ」

褒められて悪い気はしない。鷹矢は照れた。

「見えてきたようでござる」

松並木の先を霜月が指さした。

「旅人が溜まっておるようでござるな」

鷹矢は門の前で集まっている旅人たちに気づいた。

「急ぎましょうぞ。あれは、我ら待ちでござる」

霜月が促した。

「我らを待っているとはどういうことでござる」

「先触れに津川が参りましたでしょう。公用旅は、なによりも優先されまする。しかも東城氏は公儀御領巡検使でござる。関所もその範疇になりまする」

「関所も……」

急ぎ足になりながら、鷹矢は問うた。

「箱根の関所は小田原藩大久保家の預かりでございますが、幕府の所管。当然でございますな。関所を通過する諸侯などにも令を守らせるのでござる。小田原藩の看板では、御三家や島津、細川などには勝てませぬ」

霜月が説明した。

箱根の関所は、当初幕府の直轄であった。江戸から関所の番をする者が派遣されていたが、泰平が長く続き謀叛を企む大名もいなくなったことから、小田原藩へ預けられた。

関所番頭以下の役人は、小田原藩士であるが、その任に就いている間は幕府役人と同じ扱いを受ける。諸大名といえども、敬意を払わなければならなかった。

とはいえ、公用旅の巡検使とは格が違った。巡検使は将軍に準ずる。関所番が気を遣うのは当然であった。

「こちらへ」

関所門番の足軽が、最敬礼で鷹矢を出迎えた。

「ああ」

鷹矢は並んでいる旅人たちの興味を一身に受けながら、面番所へと進んだ。

面番所は、関所の中心である。ここで旅人は旅切手あらためを受け、通過してよいかどうかを決められる。旅人は土間に控え、一段高い座敷から下役や改役が見下ろす。

その面番所の外に、役人が立ち並んでいた。

「関所番頭の関口六右衛門(せきぐちろくえもん)でございまする」

先頭に立っていた初老の役人が深く頭を下げた。

「公儀御領巡検使使番東城典膳正である」

「お待ちしておりました」

名乗り返した東城鷹矢に初老の役人が、さらに深く頭をさげた。

「出迎えご苦労である」

東城鷹矢に代わって霜月が前に出た。

「先乗りの者はどこに」

霜月が津川のことを訊いた。

「改所でお休みをいただいておりまする」

関口が手で示した。

「どうぞ、巡検使さまもあちらでお休みを」

「いや、先を急ぐゆえな」

接待を申し出る関口に、霜月が断りを入れた。

「ご多用とあれば、お引き留めはいたしませぬ」

あからさまにほっとした顔で、関口が言った。

「ご苦労であった」

一行の責任者である鷹矢が、関口をねぎらった。

なにひとつ改められることなく、関所を通過した鷹矢たちは、三島の宿場に向かった。

三

朝廷は名分である。正確には天皇であったが、義を正にするか、偽りにするかは勅のあるなしで決まった。

天皇を押さえた者が、天下を取る。

織田信長も豊臣秀吉も、徳川家康も、天皇を手中にして天下の主たろうとした。乱世を治めた徳川が代々幕府を開けるのも、天皇の委託があるからであった。

つまり、天皇を奪われたら幕府は崩壊し、徳川は天下人の座を失う。これを怖れた幕府は諸大名が京に近づくのを警戒した。

とはいえ、秀吉の時代から京に屋敷を構えている大名たちを無闇に排除するわけにもいかない。

事実京には、いくつかの大名の屋敷があった。

これら大名の京屋敷の役目は、公家衆とのつきあいであった。

大名には格というものがある。先祖の血筋、官位など、そのほとんどが京の朝廷から許しを得なければ維持できない。

源氏の末裔だと誇ってみても、朝廷から違うと否定されれば、僭称となる。代々受け継いでいる官職とはいえ、朝廷の任命がなければ名乗ることはできなかった。

武家の官位は令外扱いであり、幕府がまとめて申請するもので、まず拒否されることはない。とはいえ、根回しはいる。先祖代々の官ではなく、一つ格下を与えてきたり、家督相続と同時にもらえるはずのものを遅らせたりという嫌がらせを受けるときもある。それを避けるために、名門大名は京に人を置いた。

ようは公家の機嫌取りのため、京屋敷はあった。

「公儀御領巡検使だと」

江戸屋敷からの連絡を受けた土佐藩京屋敷用人、坂下次郎右衛門は首をかしげた。

「将軍家代替わりごとに諸国巡検使が出るのは、慣例であるが……真野どうであるか」

坂下次郎右衛門が、右襖際に控えている右筆を見た。

「公儀御領巡検使は、八代さまのおりに一度あったきりかと」

問われた右筆が告げた。

右筆は書付の代筆だけでなく、先例も管理する。それこそ藩が成立してからのことすべてを記憶していなければ、務まらない。

「奇異なことよな」

坂下次郎右衛門が難しい顔をした。

「なにより、この時期に公家衆の警戒心を高めるようなまねをなさる意図が知れぬ」

「…………」

右筆は意見を口にできる身分ではなかった。黙って坂下次郎右衛門の言うことを聞いていた。

「上様の御尊父さまに大御所の称号を下賜していただくには、帝のお許しを得なければならぬ。そのために、公家衆のご協力は必須である。それくらいのことを、ご老中さまがおわかりではないはずはない」

坂下次郎右衛門が首をひねった。

「いかがいたしましょう。お報せいたしますか」

手紙を書くのが右筆の仕事である。右筆が問うのは当然であった。

「そうだの。一応、お耳に入れておくか。巡検使は隠密ではない。表沙汰にしていいことだ。あとで、当家が責められることはなかろう」

「では、用意を」

すぐに右筆が筆と硯の準備をした。

「宛先は一条さまだ」

「はい」

右筆が筆を走らせた。

土佐の山内家は、一条家とかかわりが深い。これは、かつて一条家が守護として土佐に下ったことによった。

土佐の一条家は、戦国まで守護大名として土佐で続いたが、長曽我部の台頭で衰退した。嫡流は絶え、今は傍流が細々と残っているだけだが、その名門の血は侮れず、関ヶ原の後、土佐に入った山内家も庇護していた。

はるか数百年前に分かれた親戚とはいえ、血筋をなにより大切なものとする公家にとって、衰退した分家を大切にする山内家は気持ちの良い相手である。山内と一条は深い交流を持っていた。

「お報せを」

同じようなことが、他の大名家の京屋敷でもおこなわれていた。

それぞれが、縁を持つ公家衆に鷹矢のことを報告した。

報せを受けたのは、公家衆だけではなかった。さすがに諸大名の京屋敷のものではなく、幕府からの通知だったが、公儀御領巡検使の任命を聞いた京都所司代戸田因幡守忠寛は苦い顔をした。

「余の手腕に疑いをもたれているのか、ご老中さまがたは」

京都所司代は役料一万石で与力五十騎、同心百人を預けられ、公家、朝廷の監視、西国大名の監察、五畿内、播磨、近江、丹波の八カ国の幕府領を支配した。だが、京の治安などの重要な仕事は、京都町奉行に移譲されたこともあり、実質の権は早くに失っていた。

とはいえ、老中にもっとも近い役職として、重要視されていた。

「まさか、越中守は……」

戸田因幡守が腹立たしげに言った。

「余が田沼主殿頭さまのお引き立てだと、いまだに根に持っているのか。余の粗を探すつもりだな」

「殿、そのようなことを仰せになられては……」

用人が戸田因幡守を宥めた。

戸田家は当初、肥前島原に封じられていた。それが忠寛が襲封するなり、要路下野宇都宮へと移された。さらに寺社奉行から大坂城代へと立身し、役目に便利なように所領を摂津、播磨に変えられ、わずか二年で京都所司代へと転じた。

まさに譜代大名の出世街道を一気に駆け上った。

「わかっておるわ。今の幕府で主殿頭さまの名前を出すことがどれほどまずいかくらいはな」

戸田因幡守が頬をゆがめた。

「大枚をはたいたというに……ああも簡単に主殿頭さまが失脚なさるとは思わなかった」

悔しそうに戸田因幡守が嘆息した。

幕政を壟断し、権力を恣にしてきた田沼主殿頭意次は、その後ろ盾であった十代将軍家治を失うなり、失脚した。

わずか六百石の小旗本から相良五万七千石の大名にまで成り上がった田沼主殿頭のことを、徳川一門、名門譜代らは、家治の死を待っていたとばかりに追い落とした。

その先頭に立ったのが、老中首座松平越中守定信である。

十代将軍家治の一人息子家基が急死したことを受けて、浮上した十一代将軍候補の一人が松平定信であった。御三卿田安家の七男だった定信と一橋家の長男家斉、この二人のどちらかが将軍継嗣になる。

その争いで有利だったのは、定信であった。八代将軍吉宗によく似て聡明で頑健な定信は、早くから家治の跡継ぎと目されていた。御三家や一門、譜代たちの支持も高い。何一つ定信の将軍世継ぎ就任を邪魔するものはなかった。

それをひっくり返したのが、田沼主殿頭と家斉の父一橋治済であった。

英邁で聞こえた田安家の七男賢丸、のちの松平定信は、田沼主殿頭意次の政策を早くから非難していた。それをうるさく思っていた田沼主殿頭は、賢丸を田安家から切り離すという奇策に出た。嫡男を失い、跡継ぎを求めていた白河松平に押しつけようとした。

それを田安と御三卿の覇を争っていた一橋が後押しし、結果、定信は抵抗むなしく、白河藩へ養子に出され、将軍継嗣から脱落させられた。

他家の名跡を継いだ者は将軍になりえず。神君徳川家康が、次男結城秀康を将軍とせず、三男秀忠を二代に付けたときの理由である。

神君家康の決めたことは、幕府の法となる。これが、定信を臣下にした。

もっともそのお陰で、徳川の一門は老中になれないというもう一つの決まりをくぐり抜けることができ、定信は老中首座になって、田沼主殿頭の後で幕政を思うがままにしている。

とはいえ、老中と将軍では、何もかもが違う。老中は、どのような政策を考えようとも、将軍の許可がなければ動けない。思いつきであれ、命じるだけで法が生まれる将軍とは大きな差があった。

祖父吉宗のような改革をおこない、天晴れ名君と讃えられたい松平定信にとって、老中首座では不足であった。

将軍になるはずだった己を、家臣にした。松平定信の怒りは田沼主殿頭に向かった。家治が死んだ直後、松平定信は田沼を嫌う徳川一門を糾合して、治世の責任を問い、老中から罷免、隠居させたうえ領地を大きく削って遠方へ転じた。

「まだよ」

宿敵田沼主殿頭を排斥しただけで、松平定信の恨みは終わらなかった。

田沼主殿頭の引きで出世した者にもそのいらだちはぶつけられた。とはいっても、罪のない大名たちをどうこうするわけにもいかず、出世を止めるか、閑職へ転じるだけしかできないが、戸田因幡守もその嫌がらせを受けていた。

老中寸前のところにいながら、足踏みを強いられている。

戸田因幡守が、そのていどですんでいるのは、田沼主殿頭の失脚が決まったとき、江戸ではなく京にいたおかげであった。遠すぎて、後回しにされたのだ。

「いよいよ、余を潰しに来たな」

戸田因幡守が苛立った。

京都所司代は、閑職であった。それは実質の権をもたないからである。となれば、実務がなく、失政もありえないのだ。

そう、京都所司代に責任を問うことはかなり困難であった。

「公儀御領巡検使を京に向かわせるというのは、余の支配地を巡検することでもある」

「それは……」

事実である。用人も否定できなかった。

「黙って見過ごすわけにはいかぬ」

「ですが、殿。うかつなまねは……」

用人が諫めようとした。

「戸田をまた僻地へ飛ばさせるつもりか」

「……」

低い怨念の籠もったような声を出した主君に、用人が黙った。

「島原から江戸への参勤、どれだけ厳しいか、そなたもわかっておろうが」

「……はい」

これもまた事実であった。用人は首肯した。

とくになにがあったというわけではないが、戸田家は因幡守忠寛の先代忠盈の折り、至便な宇都宮から、九州島原へと移された。遠隔地へ加増なしでの転封は、一種の懲罰でもある。まだ十八歳と若かった忠盈は、父祖の地宇都宮から島原へ追いやられた心労で病がちになり、二十五歳で隠居した。

兄から家督を譲られた忠寛は、いきなり戸田家の財政赤字を押しつけられた。転封は、藩士すべての移動や、家財の引っ越しもあり、すさまじいまでの金がかかる。さらにわずか二日で江戸へ出られた宇都宮と違い、島原からだと三十日近くかかる。単純に計算しても、参勤交代の費用は十倍に跳ね上がる。先々代のとき、二度の転封を受けたこともあって弱かった戸田家の財政は、あっという間に破綻した。

「なんとか宇都宮に戻らねば」

封を継いだ戸田因幡守が決意した。

そして、戸田因幡守は田沼主殿頭に近づき、なんとか宇都宮へと復帰した。

「先祖のように執政となって、金を稼ぐ」

戸田家は、水野や大久保と同じく老中を輩出する譜代の名門である。また、老中をすれば、田沼主殿頭には及ばなくとも、誼を通じる大名や旗本からの付け届けは来る。

だが、これも田沼主殿頭の失脚で潰れた。

「巡検使をこちらに引き込めぬか」

「難しゅうございましょう」

言われた用人が首を振った。

用人は家老に次ぐ役職である。京都所司代として、遠国へ赴任している戸田因幡守の供をしているなかでは、最高位でもあり、世慣れた老練な家臣から選ばれた。

「なぜじゃ」

「松平越中守さまがとくにと選ばれたお方であれば、最初から含み聞かされておりましょう」

「賄は逆効果だと」

「はい。下手をすれば、それで咎められかねませぬ」

小さく用人が首を振った。

「むうう」

戸田因幡守が唸った。

「ならば、討つか」

「な、なにを」

主君の口にした言葉に、用人が絶句した。

「どうした。おどろくほどのことではなかろう」

戸田因幡守が告げた。

「御上の巡検使を討つなど……」

「ならば、黙って潰されるか」

顔色を変えた用人に、戸田因幡守が冷たく言った。

「それは……」

田沼主殿頭への松平定信の恨みは強い。田沼主殿頭のお陰で領地を戻した上、出世を重ねた戸田家を見過ごすとは思えなかった。

「まあ、戸田家は徳川に忠誠厚い家柄じゃ。まったくの取り潰しはないだろうが、余は隠居のうえ、慎み。藩は半知に落とされたうえ、今度はどこへ飛ばされるであろうな。石高を削られれば、家臣どもを放逐するほかなくなる」

「…………」

淡々と口にする戸田因幡守に、用人は沈黙した。

「今、浪人になれば、辛いぞ」

大坂城代と京都所司代を務めたのだ。あるていど戸田因幡守は世情に通じていた。戦がなくなった武家は巨大な浪費者でしかなかった。乱世では力の源であった武士の数も、今では重荷でしかなくなった。どこの藩も人減らしに躍起である。家老、用人という役目をこなしたという実績があっても、再仕官はまず望めない。

「旅である。なにがあるかはわからぬ。巡検使といえども、事故からは逃れられまい」

黙った用人にささやくよう、戸田因幡守が声を潜めた。

「手を集めやすい京で……」

用人が窺うように戸田因幡守を見上げた。

「愚か者。京でしでかせば、余の名前が出るだろうが。余が手を下したとばれなんでも、巡検使に被害が出たのだ。それこそ待ってましたと越中守が、余の責任を問うてくれるわ」

戸田因幡守が叱りつけた。

「では、道中で……」

「旅ではいろいろなことがある。我が戸田家の参勤交代でも、崖から落ちて怪我をした者もいたであろう。川に流された者もな」

九州から江戸へ向かう道のりは長い。疲れた供が、山道で足を踏み外す、川を渡っている最中に転びそのまま行方不明になることなど、事故はままあった。

「……うくっ」

用人が唾を呑んだ。

「ときは余りないぞ。京に、いや、所司代の支配である近江に入られてからではまずい。また、江戸への帰途でも手遅れだ。飛脚などで事情を先に報されては、意味がなくなる」

「あの巡検使が、確実に殿への刺客だとわかる前に手出しするのはいかがかと。事実を把握してからでも遅くはございますまい。手紙一つで、所司代をどうこうできるとは思えませせぬ」

用人が二の足を踏んだ。

「越中を甘く見るな。越中はしつこいぞ。白河へ養子に出された越中は、辞を低くして主殿頭さまに音物を贈り、執政に推薦してもらったのだ。目的のためならば、己の矜持さえ捨て去れる。まさに臥薪嘗胆よ。越中はそこまでして恨みを晴らした。もし、家治さまがお隠れになったとき、越中が老中でなければ、主殿頭さまは追いつめられなかったであろうよ。越中が老中首座であったゆえ、主殿頭さまを罪に問えた」

「…………」

幕閣における政争を知らない用人である。主君の話を否定するだけのものをもっていなかった。

「わかっておるのか。今、幕閣と呼ばれる老中、京都所司代、大坂城代、若年寄、お側御用取次のなかで、主殿頭さまの引きで生き残っているのは、余だけぞ」

「それは……」

「いわば余は、越中の目の上の瘤じゃ。邪魔でしかたなかろう。だが、京でなんの罪もない者をいきなり飛ばすことはできぬ。そのようなまねをしてみろ。主殿頭さまが消えて、代わりに越中が出てきたと、その専横振りに皆が反発しよう。役人は保身することだけに汲々としている。主殿頭さまが足をすくわれたのと同じことが、今度は越中に起こる」

口ごもった用人に、戸田因幡守が言い聞かせた。

「八代吉宗さまのお孫さまにあたる越中守さまでも……」

「小役人にとって、上役の出自などどうでもよいのだ。己たちの利になる相手ならばな。主殿頭さまも当初、下を見ておられた。だが、上なしの権を得たとき、下を忘れた。その結果、小役人どもが越中に付き、主殿頭さまの失策の証拠を流した。でなくば、いかに家治さまが亡くなろうとも、あそこまで一気呵成(いっきかせい)に主殿頭さまがやられるわけはない」

戸田因幡守が告げた。

「わかったか。余が生き残る、いや、戸田家が潰されぬためには、今せねばならぬのだ」

鷹矢を片づける理由を戸田因幡守は、己の保身から家の存続のためへと言い換えた。

「……わかりましてございまする」

少しだけ逡巡した用人が頭を垂れた。

四

公用旅は、問屋場においても優遇される。宿場町あるいはその付近の村の賦役の一つとして伝馬が用意され、公用旅はいつでもそれを使えた。賦役は税の一種であることから荷運びの人足を徴用、無料で次の問屋場まで使役できる。

「酒手は出してくだされ」

鷹矢は、同行している霜月から、伝馬への気遣いを教えられていた。

「公用旅ゆえ、なにもせずともよろしゅうございますが、後で悪口を言われることになりまする。少しでも金をやっておけば、いい役人だったと満足してくれますゆえ」

「いかほどだせばいい」

旅が初めての鷹矢は、まったく世俗に通じていない。素直に問うた。

「二朱もやれば、十分でございましょう」

「二人で一分」

伝馬人足は二人で十分足りていた。鷹矢とその従者の荷と徒目付たちの荷、それぞれを一人ずつが背負う。

一朱は一両の十六分の一である。一両がおよそ六千文ほどになることから、七百五十文くらいと考えていい。

「ちょうど一日の日当でござる。江戸ならば三百文ほどになりまするが、田舎なれば二百二十文くらいでございましょう。二人で五百文もあれば十分ではございますが、あとは心付けということで」

世慣れた霜月が細かく説明した。

「わかった」

鷹矢は納得した。

巡検使には旅の費用が支給された。行く地方によって旅程が変わるため、一律ではなく、また長崎奉行の赴任手当千五百両ほど豪儀なものでもなかったが、先渡しで勘定方から受け取っている。

「休息を取るときは、草鞋を脱いではいけませぬ。草鞋を外せば、足がむくみますゆえ、茶店ではご辛抱を」

「そういうものか」

旅の心得を霜月は語ってくれた。

「舟に乗るときは、かならず舳先の中央へ。艫だと船頭がこぐ櫓の動きで揺れが激しく、酔いやすうござる。それに舷側近くでは、水濡れをいたしますゆえ」

遠江国、舞阪宿で早めの昼餉にした鷹矢は、次の注意を霜月から受けていた。公用旅は昼餉も本陣で摂る。あいにく規模の小さい舞阪宿には本陣はなく、脇本陣での食事になった。

昨今大名の参勤交代が金を遣わなくなり、経営が苦しくなった本陣や脇本陣は、一般の旅客も受け入れるようになっている。とはいえ、公用旅や大名がいるときに、他の客が入って来ては困る。

鷹矢たちが昼餉の場に選んだ脇本陣も、表に公儀御用中の看板を掛けていた。

「来たか」

脇本陣の前に、中年の侍が立った。

「少し早いが昼餉であろうな。ならば、一刻（約二時間）はかかろう」

侍が呟いた。

本陣、脇本陣は座敷を提供するだけで、食事は出さない。前もって用意を命じておけば、作ってはくれるが、旅だとどうしてもずれる。宿泊よりはどうしても重要度が下がるため、まず予約などはせず、着いた本陣や脇本陣の台所を借りて作ることが多かった。

「策どおりにいけよう」

侍が西へと駆け出していった。

昼餉をすませた一行は八つ前（午後一時ごろ）に今切の渡しに着いた。ここから舟で浜名湖を渡り新居の関所へと向かうのだ。

「公儀御領巡検使東城典膳正さまである。舟を用意いたせ」

「へ、へい」

船頭が跳び上がった。

「ああ、すでに乗っている客を降ろさずともよいぞ」

鷹矢が船頭に声を掛けた。

「次の便でいい」

「ありがとうございまする」

船頭が平身低頭した。

公用旅である。渡し舟は熱田から宮への海上回船のような大がかりなものは別にして、貸し切りになる。

「出しますぞう」

通常ならば、舟が満員になるまで待ってから出るのだが、公用旅を待たせるわけにはいかない。船頭が半分ほどの乗りで舟を出した。

「どうぞ」

入れ替わるように待機していた別の舟が艀（はしけ）に付けられた。

「うむ」

最初に鷹矢が乗りこみ、徒目付、従者が続く。

「あっしらはここで」

舞阪の宿場からついてきていた伝馬人足が、舟に荷を置いて別れを告げた。

「次郎右衛門」

「はい。殿様からじゃ」

鷹矢の指示で、次郎右衛門が一朱銀を一枚、人足に渡した。

「これは、畏れ入りまする」

伝馬人足が大仰に頭を下げた。

「出せ」

船頭の側に陣取った津川が出立を命じた。

浜名湖は、明応七年（一四九八）に東海道沖で発生した大地震とそれに伴って起こった紀伊半島から房総半島までを襲った津波で、海と繋（つな）がった。そのときに海岸が切れたことから、今切の地名が生まれたと言われていた。

浜名湖に突き出ているかつての海岸の名残（なごり）である弁天島の先から出た舟は、遠くに見える新居宿を目指して進んだ。大きく海に向かって開いたところを小さな渡し舟で行くのだ。わずかな風でも波が起こり、舟は揺れる。

「しっかり摑（つか）まっていておくれやしなあ」

船頭が注意をした。

「あれ……」

強く櫓を漕いでいた船頭が、首をかしげた。

「いかがいたした」

船頭の近くに腰を下ろしていた徒目付の津川が訊いた。

「ありゃあ、誰の舟じゃ」

新居宿のほうから向かってくる舟に、船頭が困惑した。

「見たことのない舟じゃ」

今切の渡しは、今切周辺の村がおこなっていた。

幕府も交通の要路としている今切の渡しを保護し、年貢の減免、賦役の免除などで保護している。決められた者だけしか、渡しをしてはいけない。その今切の渡しの権利を侵すようなまねをするなど、幕府に逆らうも同然である。

船頭が怪訝な顔をするのも当然であった。

「どうかいたしたのか」

津川と船頭の遣り取りは舳先にも届いた。鷹矢が問いかけた。

「いささか不審のある舟が近づいておるようでございまする」

霜月が答えた。

「不審な舟……あれか」

舳先は近づいてくる舟に向けられているようなものだ。すぐに鷹矢は気づいた。

「……馬鹿な」

注視していた鷹矢が唖然とした。

近づいてくる舟に乗っている武家らしい姿の男が、弓矢を取り出して、弦を引いているのが見えた。

「伏せよ。弓だ」

鷹矢が警告の声を発した。

「なにっ」

「ひえっ」

霜月が驚愕し、鷹矢の従者吉次郎が悲鳴を上げた。

「荷を盾にせよ」

狭い舟の上で太刀を振り回せば、同士討ちになりかねない。脇差を抜きながら、鷹矢は吉次郎に命じた。

「船頭、逃げられるか」

「お任せを。このあたりの潮は、赤子のころから馴染んでやす。地の者でない船頭なんぞに追いつかせるもんじゃござんせんよ」

津川の言葉に、船頭が応じた。

「その代わり、お立ちにならないようにお願いしますよ。急に舟の方向を変えやすので、危のうございます」

「任せる」

船頭の注意に、津川がうなずいた。

矢が放たれたと、鷹矢が警告した。

「来るぞ」

「こうりゃあ」

船頭が櫓を大きく動かして、舟を右へ動かした。矢は大きく外れて湖面に突き刺さった。

「当たるけえ」

続けて来た矢も船頭は舟を操って避けた。

「見事だ」

津川が褒めた。

「今、この辺りは引き潮でござんすからねえ。流れに乗ってるこっちが早いんでさ」

船頭が自慢げに答えた。

「助かる」

こちらには鉄炮（てっぽう）も弓もない。遠くからの攻撃へ応戦できないのだ。かわすだけしかできない状況で、船頭の動きは心強いものであった。

「くそっ。かわされてばかりではないか」

攻撃している舟の艫近くにいた壮年の武士が嘆息した。

「飯塚（いいづか）。もっとよく狙（ねら）え」

「動く舟の上でござる。なかなかに難しゅうござるぞ」

飯塚と呼ばれた射手が、抗弁した。

「もっと近づければ」

必中の間合いには遠いと飯塚が言った。

「船頭」

壮年の武士が怒鳴りつけた。

「無茶言わんでくださいやし。浜名湖の湖面は今切のもので、とても向こうの船頭には勝てやしません」

船頭が首を強く左右に振った。

「ぶつけるつもりで行け。あやつらを逃がしたら、おまえも同罪だぞ」

手を振って壮年の武士が指示した。

「…………」

無言で船頭が舟を漕いだ。

「関所に逃げこめそうか」

鷹矢が訊いた。

「相手の目の前を突っ切ることになりやすが……」

渡し船頭が危険だと告げた。

「東城氏、逃げるなどとんでもない。巡検使を討とうとした輩は捕まえねばなりませぬ」

徒目付である津川が抗議した。

「しかし、飛び道具相手だぞ。舟を隣に寄せられれば、どうにでもできようが……近づくまでに犠牲が出かねぬ」

鷹矢は安全を考えていた。

「賊徒を見逃すわけには参りませぬ」

霜月も逃走に反対した。

「矢も無数にあるわけではございますまい。またいにしえの那須与一（なすのよいち）でもあるまいに、動いている舟でそうそう当たりはいたしませぬ」

津川が述べた。

「しかし、近づけば矢も当たりやすくなるぞ。拙者やお二人は剣をもって防げようが、従者や船頭は無理でござる。ここは一度、引くべきだと思案つかまつる」

鷹矢は自制を求めた。

「むうう」

正論に霜月が唸った。

「どうしやす、早めに決めていただかねえと」

船頭が疲れ始めていた。

「今切に戻るというのは」

「お勧めしやせんよ。舟は下がれやせんので、大きく回ることになりやす。そうなれば、ぐっと速さを落とさないといけなくなりますので」

鷹矢の提案を船頭が否定した。

「突っ切るしかないか」

じっと鷹矢が敵舟を見つめた。

「距離がなくなってきている」

もともと新居関に向かって漕いでいた渡し舟と、そちらから来た襲撃舟である。多少回避のために、進路を変えているとはいえ、たがいに近づいていく状態には変わりなかった。

「ひえっっ」

吉次郎が己を守るように抱えていた行李(こうり)に矢が突きたった。

「当たった」

敵舟から歓声が上がった。

「次こそ……」

飯塚が矢をつがえ、鷹矢に向けた。

「やむをえぬ」

鷹矢が立ちあがった。

「東城どの……なにを」

津川が啞然とした。

座っていた姿勢から、立ちあがる。これは弓にとって的が大きくなるも同然であった。鷹矢は己に目標を定めさせることで、吉次郎や船頭の安全を図ったのである。

「愚か者めが」

口の端をゆがめながら、飯塚が弦を離した。

「なんの」

あっさりと鷹矢は飛んできた矢を斬り払った。

「船頭、あちらにぶつけろ」

「ええい、まったく無茶を」

鷹矢が叫んだ。

津川が嘆息した。

「霜月どのよ」

「わかっておる」

二人が中腰で膝をたわめた。

「いきますでえ」

今切の渡し船頭が、ぐいと櫓に力を加えた。渡し舟が一気に前へ出た。

「近すぎる」

弓矢は遠くの敵には有効でも、近づかれると弱い。矢をつがえ、弦を引き、狙いを定めて、放つ。これだけの動作をしなければならないのだ。接近されれば、その手間が致命傷になる。

飯塚が弓を置いて、太刀へ手を掛けた。

「ちっ」

「まったく。遠くで始末できればよかったものを」

舌打ちしながら、残り二人も太刀を抜いた。

「ひええ」

襲撃舟の船頭が、白刃に怯(おび)えた。そのぶん、櫓から力が抜けた。

「当たりやす」

渡しの船頭の言葉に遅れて、舟が揺れた。

「おうよ」

まず鷹矢が飛んだ。

「東城どの」

「なにを。大将が飛びこんでどうする」

津川と霜月が慌てた。

二人の徒目付は、鷹矢の警固でもあるのだ。もし、ここで鷹矢に死なれれば、二人とも切腹して詫びなければならなくなる。

「奥を押さえよ」

「承知」

霜月の指示に津川がうなずいた。

「船頭、舟を横付けしてくれ」

「へい」

言われた船頭が櫓を操った。

「この……」

最初に鷹矢の応対をしたのは、舳先で弓を射ていた飯塚であった。

「くらえっ」

まだ空中にある鷹矢目がけて太刀を薙いだ。

「ふん」

鷹矢にしてみれば、飯塚の太刀は弱いものであった。空中で膝を曲げた鷹矢は、草鞋で太刀の腹を上から踏むように蹴った。

「おわお」

水平に薙いだ太刀に、上から不意な力が加わった。予想していない事態に飯塚の身体が崩れた。

「くそっ。邪魔だ」

飯塚の身体が前を塞いだことで、乗り移ってきた瞬間の乱れた体勢を襲おうとしていたもう一人が吐き捨てた。

「すまぬ、田上」

叱られた飯塚が謝罪しようと振り向きかけた。

「あ、馬鹿」

田上と呼ばれた侍が忠告したが、遅かった。

不用意に後ろを向いた飯塚の後ろ首を鷹矢は裂いた。

「はくっ」

人体の急所をやられた飯塚が絶命した。

「こやつ」

田上があわてて太刀を構えたが、飯塚の遺体が間に横たわり、迎撃できなかった。

と同時に、鷹矢も飯塚をまたがねばならず、にらみ合いになった。

「田上、右だ」

後ろにいた残りの一人が叫んだ。

「むっ」

渡し舟がいつのまにか並んでいた。

「あいにくだな、拙者の相手は……」

太刀を軽く振って、田上の注意を引きながら、津川が飛び移った。

「しまった」

田上は背後に乗り移られたことに焦った。だがそれに気を取られるわけにはいかなかった。一瞬でも鷹矢から目を離せば、前から刃が来る。

「富岡（とみおか）、頼む」

田上が悲鳴のような声で言った。

「わかっている」

太刀を抜きはなった最後の一人が、津川へ向かった。

「……………」

己が飛び移ったことで揺れる舟を津川が見事に御した。少し開いた左右の足にかかる体重を操って、体勢を安定させた。

「死ねっ」

大きく振りかぶった富岡が、太刀を落としてきた。

「ほれっ」

左足を津川が強く踏みこんだ。

「わっわああ」

舟が揺れ、上段に構えたことで重心を高くした富岡が体勢を崩した。

「つえええ」

鋭い気合いを上げた津川が太刀を突き出した。

「ぐうっ」

喉を貫かれて富岡が死んだ。

「まさかっ」

背後から聞こえた苦鳴に、田上が焦った。

「東城どの、そやつは殺さずに願いたい。捕まえて色々訊き出さねばなりませぬ」

渡し舟に残っていた霜月が頼んだ。

「わかった」

鷹矢は首肯した。

「わ、わああ」

襲撃側の船頭が、湖へ飛びこんで逃げた。

「あちゃあ」

渡し舟の船頭が天を仰いだ。

「この潮だぞ。地元の者も泳がねえのに……」

船頭が小さく首を振った。

「あきらめて太刀を納めろ」

後から近づいた津川が言った。

「くそう」

田上が歯がみした。

「捨てよ」

鷹矢も迫った。

「申しわけなし」

そう叫んだ田上が、太刀で首の血脈を断った。

「あっ……」

「しくじった」

鷹矢と津川が手を伸ばしたが遅かった。

首から血を吹き上げながら、田上が浜名湖へと沈んでいった。

「そこまでするとは……」

鷹矢は小さく震えた。

第三章　道中の災(わざわい)

一

朝廷には徳川幕府より山城国のうちにおいて三万石が給せられていた。これには天皇、皇子、内親王の生活(たつき)だけでなく、祭祀の費用、朝儀の開催、御所の維持、女御などの奉公人の給与などが含まれていた。

三万石といえば、大名というより小名である。その収入は四公六民で一万二千石、金にしておよそ一万両余でしかない。一万両といえば、多いように見えるが、それで皇室としての格式を保ったうえ、国の祭祀までおこなうのは困難である。

さすがに戦国のころのように、御所の壁が崩れ、外からのぞき込めるというほどではないが、それでも十分ではない。

帝が夕餉に魚を食べられるのは、月に何度あるかというていどであり、費用がないため、践祚の儀式がおこなえず、即位が遅れた天皇もいた。

幸いなのは、この三万石とは別に公家衆の禄が支給されたことだ。

五摂家筆頭の近衛家の禄は摂津国伊丹村などで、二千八百五十二石余を与えられている。他に九条家が山城国紀伊郡東九条村で二千四十三石など、百家あまりの公家に四万六千六百石が幕府より出されていた。諸大名のように、家臣の禄まで皇室領に含まれていたならば、朝廷はとうに破綻している。

もちろん、幕府が朝廷のことを思って、公家領を別途支給にするはずなどない。公家の禄を幕府が払う形にして、皇室への忠誠を和らげるためであり、いつでも幕府のつごうで禄の廃止、増減ができるぞという脅しでもあった。

朝廷領、公家領合わせても十万石に満たない。これは幕府が、朝廷から余裕を奪い、侍などを養わせないようにし向けたからであった。

「公儀御領巡検使とは、また面倒な者がでましたの」

広橋中納言前基が扇子で顔の下半分を隠しながら嘆息した。

「お言葉のとおりでごじゃる」

六条参議有庸が同意した。

朝議の場で、公家たちが愚痴を漏らしていた。

「将軍交代によるものだそうでおじゃるが、先代のおりには参らなかったように記憶しておりますがの」

六条参議が面倒くさそうな顔をした。

「慣例に従い五畿内十国は参ったようでござったが……公儀御領巡検使は出されなかったはずじゃ」

広橋中納言が述べた。

中納言と参議では、中納言が上になる。すけのもの申すつかさと読み、その通り、朝議で大納言の補佐をする。参議は中納言の一つ下となり、おほまつりごとひとと呼ばれ、大臣らとともに、朝議に参加した。

「なにしに参るのであろうかのお」

そこへ右大臣近衛経熙が近づいてきた。

「右大臣でもおわかりになりませぬか」

広橋中納言が怪訝な顔をした。

近衛家は幕府とかかわりが深い。五摂家ではもっとも徳川家に近いと思われている。

「それが、なんの報せものうてなあ」

近衛経熙が困惑した。

「大御所の問題にかかわりが……」

武家伝奏の家柄でもある広橋中納言が声を潜めた。武家伝奏は、幕府から朝廷への希望を取り次ぐ役目である。当然、幕府との繋がりも濃い。

そのため広橋家は名家という格の割には、家禄が多く、八百五十石を与えられていた。

「なら、麿に話をするであろう。麿が帝に一橋民部卿へ大御所の称号を勅許いただけるようにお願いをしておるのだ。麿になにも言って来ぬというのは、大御所問題とはかかわりがないのではないかの」

近衛経熙が告げた。

「第一、公儀御領巡検使など、我らの神経を逆なでするも同然であろう」

「仰せの通り」

広橋中納言も首肯した。

「気になるの」

「まさに」

二人が顔を見合わせた。

「巡検使の名前はなんと申したか」

広橋中納言が六条参議に問いかけた。

「しばし……」

六条参議が手にしていた笏（しゃく）を見た。薄く削（そ）いだ木片の笏は、権威を象徴する道具であると同時に、備忘録でもあった。笏の内面に紙を貼り、そこに用件を書き込んでおくのだ。こうすることで、ややこしい儀式の手順をまちがわなくてもすんだ。

「従六位下典膳正東城鷹矢と申すようでござる」

六条参議が紙を読んだ。

「東城……聞かぬ名であるの」

広橋中納言が首をかしげた。

「所司代に訊いてみましょうや」

「そうよなあ……」

提案する広橋中納言に、近衛経熙が首をひねった。

「……止めておこう。所司代を介入させるのは、悪手じゃ」

「なぜでござる」

広橋中納言が首をかしげた。

「我らの領土は、公儀御領のなかにある。巡検使が来るので、いい加減なまねをしておる者どもは……」

ちらと近衛経熙が周りを見渡した。

朝議は三位以上あるいは参議の役職の者が参加する。朝廷の勢い盛んなころは、五十名からの参議がいたが、今は十名しかいない。

さらに中納言が十三名、大納言十二名、大臣三名が参加し、関白が統率した。

「………」

広橋中納言が沈黙した。

「いい加減なまねでございまするか」

六条参議が苦い顔をした。

公家には幕府から領地が与えられている。いわば狭いながらも領主なのだ。領主は、その知行地に対し、絶対の権限を持つ。租税の引き上げ、新たな賦役を課すなど、好きにしても問題ない。

そこで借財の大きい公家や、贅沢を好む公家は、領地に負担を強いる。租税を五公五民や六公四民に引きあげたり、米以外の作物に税をかけたりする。さらに自邸での使用人の給与を惜しんで、村から下男や女中を差し出させたりもする。

同じことを大名領ですれば、あっさりと一揆になる。それがならないのは、公家という立場からであった。

「天朝さまのご一族」

庶民から見れば、公家は神様の眷属扱いとなり、非常に高貴な相手なのである。そんな公家さまの要求ならばと、民百姓が耐えてしまう。

こうしてよほど飢饉でもない限り、公家領での苛政は表に出ることはなかった。

「腐った者どもを戒めるのはよいが……うかつなまねは反発を招く」

近衛経煕が懸念を口にした。

「仰せの通りでございまする」

「はい」

二人も賛同した。

近衛は今上帝の即位に反対したに近い。近衛家はまだ往時の力を取り戻していない。弱っているときに、敵を増やすわけにはいかなかった。

「朝廷と幕府の間に溝を掘りかねぬ。なんとかして、巡検使を諌めねばならぬ」

「あまり厳しくするなと命じるわけでございますな」

近衛経煕の言葉に、六条参議が言った。

「いや、違う」

大きく近衛経煕が首を左右に振った。

「なにもするなと伝えるのだ」

近衛経煕が断言した。

「それは……」

幕府の巡検使に横槍(よこやり)を入れることになる。広橋中納言が息を呑んだ。

「松平越中守には、麿より手紙を一本出しておこう」

「了承を取っておくと」

広橋中納言が悟った。

「そうじゃ。ただ、問題は巡検使じゃ。六位あたりに麿が出向くわけにはいかぬ」

朝廷にはいろいろと格があった。右大臣である近衛経熙は従二位という高い位階を持つ。従六位、それも名ばかりの武家官位である。両者には大きな差があった。

「かといって家宰を出すのもの」

家宰とは奉公人のまとめ役のようなもので、武家でいう用人にあたった。五摂家の近衛ともなれば、家宰でさえ従七位、八位あたりの位階を持っているが、やはり対外から見ると奉公人でしかない。その奉公人を使って、将軍の代行者である巡検使に呼び出しを掛ける。無礼といえば、無礼であった。

「では、わたくしが」

広橋中納言が名乗りを上げた。

「武家伝奏の家柄であるわたくしならば、いささかも疑われることなく会えましょう」

「頼んだぞ」

近衛経熙が首を縦に振った。

新居関所に着いた鷹矢は、関所番頭へ事情を話し、江戸への急使を依頼した。

「ただちに」

引き受けながらも関所番頭の顔色は悪かった。

浜名湖の渡し舟は今切宿の担当だが、その湖上における安全は、新居関所の責任であった。

新居関所も箱根と同様、もとは幕府が人を派遣して維持していた。いや、歴史はさらに古い。箱根よりも二十年早く、徳川家康によって旧今川家家臣江馬与右衛門が奉行に任じられて始まった。その後、百年余り新居関所は幕府の奉行支配にあったが、時代が下がるにつれ、その経費負担は幕府に重くのしかかり、新居関所も吉田藩の預かりへと代わった。

その新居関所の近くで巡検使が、不逞な輩の襲撃を受けたのだ。襲撃者たちは、鷹矢たちによって討ち取られ、船頭は舟を捨てて湖に飛びこんで逃げ出したが、それでもまずい状態であることには違いなかった。

「逃げた船頭を捜し出せ」

関所番頭が、血相を変えて配下に命じた。

「今切にも人をやれ。なんとしてでも捕まえよ。非番の者も呼び出せ」

関所は侍二十人、足軽二十三人、同心十人、手代二人を二交代制で回している。そのすべてに番頭は招集をかけた。

「水に入って逃げたのだ。ずぶ濡れのはずだ。着替えも持っておるまい。濡れ鼠、あるいはふんどし一つの男を捕まえろ」

さすがは関所破りの捕縛も認められている関所番頭である。逃げる者を追うのは慣れている。的確な指示を出した。

「ふんどし一つの男などいくらもおろうに」

鷹矢はあきれた。

「調べればよいだけでござる」

日頃から徒目付という捕り方を務めている津川が、あっさりと言った。

「十人いようが、百人いようが、捕らえてしまえば、いかようにでも調べはつきまする」

「いかようにでも……」

「さようでござる。巡検使を襲うなど、謀叛も同然。罪は九族磔でござる」

津川が告げた。九族とは、下手人を中心に四代先祖、四代子孫までのことをいう。まず血統のすべてが根絶やしにされると考えていい。刑罰のなかでもっとも重い。八代将軍吉宗によって連座が禁止されたが、謀叛だけは別であった。

「それだけの大罪でござる。多少のことは……」

「拷問を加えると」

「…………」

確認した鷹矢に、津川は沈黙で応じた。

「そこまでせずとも。我らは誰も怪我さえしておらぬ」

「東城どの、お考え違いをなさっては困る」

年長の霜月が口を挟んだ。

「考え違いとは」

「ご貴殿が無事かどうか、我らが生きているかどうかなどはどうでもよいことでござる。あやつらがしたことの結果はどうあれ、幕府に弓を引いた事実は消えませぬ。兵を挙げたが、負けたゆえ罪ではないなど、あり得てはなりませぬ。法に照らし合わせて厳罰に処さねば、法の意味がなくなりまする」

問うた鷹矢に、霜月が信念をもって宣言した。

「法の意味……」

重い言葉であった。

「法はなんのためにあるか。それは秩序を守るためでござる。では、秩序を守るとはなにか。それは弱者を保護するため。法がなければ、強い者が弱い者を搾取する。すなわち乱世」

「むう」

鷹矢は唸った。まさに正論であった。

「おわかりいただけたようでござるな」

反論できなくなった鷹矢に満足そうにうなずいた霜月が、関所番頭へ顔を向けた。

「ぬかるでないぞ」

「はっ」

緊張した面持ち（おもも）ちで関所番頭が、頭を垂れた。

「参ろう」

これ以上関所に留まっても、なにをすることもできない。鷹矢は巡検使であり、関所番ではない。旅の日程は細かく決められている。鷹矢は出立を命じた。

新居関所は東が浜名湖、西は東海道白須賀宿へと繋がっている。

西には関所に続いて新居の宿場町が拡がり、街道沿いには、道中記にも名前が乗るほどの旅籠紀伊国屋など、大きな店構えが並んでいた。

「客引きがおらぬな」

旅籠町を進みながら、鷹矢は静かなことに気づいた。

「ああ、ここは関所がある宿場町でござれば、飯盛り女は禁止されておるのでござる」

霜月が答えた。

「関所の隣に悪所があってはならぬと」

「そういうことでござるな」

理解した鷹矢に霜月がうなずいた。

「さて、警戒だけは緩めぬようにお願いいたしますぞ。東城どのほどの腕があれば、まず負けることはございますまいが、相手は弓を用意してくるほどの連中でござる。

弓が効かぬとあれば、鉄炮を持ち出してくるやも知れませぬ」

津川が目をあちこちに飛ばしながら言った。

「馬を使うか」

屋敷から持ち出した馬は、品川で預けてきた。慣れていないというのもあるが、馬では通りにくい場所もあるからであった。今切の渡しもそうだ。馬を連れていては、特別な舟を用意させなければ渡れない。他にも大井川の渡河でも困る。川越人足に馬を抱えさせるわけにはいかない。専用の輿を使用するか、馬だけ遠回りさせて浅瀬を渡らせるかしなければならず、手間がかかる。

「それは悪手でござる」

霜月が否定した。

「馬に乗れるのは、ご貴殿だけでござる」

騎乗には厳格な決まりがあった。従者はもちろん、御家人でしかない徒目付は馬に乗ることが許されていない。道中で庶民が馬に乗るのは黙認であり、駆けることは厳禁されていた。

「足早に駆け抜けるとはいかぬか」

鷹矢が嘆息した。

「狙われているのは、東城どのだ。ご貴殿だけ先に庇護を求められる浜松、あるいは岡崎へ駆けるという手もあるが……的が大きくなるだけ騎馬は飛び道具に弱い」

難しいと津川が言った。

「長篠の合戦……」

軍記物で有名な話を鷹矢は思い出した。

「致命傷でなくとも、落馬すれば、それだけで命にかかわりますぞ」

「たしかに」

鷹矢は認めた。

馬術の練習の最初に、落馬を怖がらないというのがある。

「動いている馬だから怖いのだ。地面は動いていないぞ」

馬術の師範は、そう言って、落馬の恐怖を払う。落馬に慣れさせることで、馬を怖がらないようになり、技術を身につけていく。

ただし、これが実戦となれば、話は変わった。

馬から落ちれば、身体を強く打つ。柔術の受け身を取れればいいが、そううまくいくはずもなく、落ちた衝撃で気を失う場合もあるし、軽くても痛みにしばらく呻くことになる。

戦っている最中に、動きを止めるなど論外である。

弓矢鉄炮の格好の的になるし、刀や槍でも十分な間合いに近づかれてしまう。

「では、早足になるしかない」

「とはいえ、荷物がござる。従者や人足の体力も考えねばなりませぬ」

霜月が無理はできぬといった。

「従者と荷物を後からとは参りませぬか」

「落ち合う場所を決めれば、できるか」

鷹矢の提案を霜月が、津川に振った。

「当座の着替えと金さえあれば」

津川がうなずいた。

「よし、今夜の宿で荷を分けましょう」

さすがに東海道の真ん中で、荷ほどきをするわけにはいかなかった。

「承知」

鷹矢が首肯した。

二

岡崎の本陣で一夜を過ごした一行は、ここで次郎右衛門、吉次郎の二人を分離した。

「草津の宿場で待つ」

敵をひきつける意味もあり、鷹矢は、霜月、津川の三人で早旅をかけた。

岡崎から近江草津の宿場はかなり遠い。

「宮から桑名へ渡り、そこから草津まで二日というところでござろうか」

事情が事情である。江戸を出るときに組んだ予定は、すべてご破算にした。そのための手続きは、岡崎藩に丸投げしてある。これも公用旅の強みであった。

「公儀御領巡検使の範囲は近江からか」

「山城だけでよろしいのではないかと」

霜月が応じた。

「…………」

鷹矢はじっと霜月を見た。鷹矢の派遣が公家の失策を探すためのものであり、公儀御領巡検使という名前は、形だけだと霜月が口にしたも同然であった。松平定信と若年寄安藤対馬守、そして鷹矢しか知らないはずの密事を、御家人でしかない徒目付が知っていた。

「我らは、越中守さまの命で動いておりまする」

睨むような鷹矢に、津川が告げた。

「越中守さまの……ご老中さまと徒目付がどうやって……」

鷹矢は首をかしげた。

徒目付は目見え以下で目付の支配下にある。目付は一応老中の配下になるが、その任の性格上、独立した役目である。どう考えても徒目付と老中が知り合えるとは思えなかった。

「我ら二人は、もと田安家付きでござった」

「あっ……」

霜月の言葉に、驚きのあまり鷹矢は声を上げた。

独立した大名ではなく、将軍家お身内衆である御三卿は家臣を持たない。当主が気に入った者を召し抱えることもあるので、まったく譜代の家臣がいないわけではないが、そのほとんどは、田安付き、一橋付きなどといった役目を与えられた旗本、御家人であった。

「私も津川も、田安家で賢丸さま付きでござった」

霜月が語った。

「あのお方こそ、将軍家におふさわしい。歳が近かったこともあり、随分と目を掛けていただいた私どもは、そう信じておりました。しかし、田沼主殿頭と一橋民部卿治済の策で、賢丸さまは、白河へ……」

「おいたわしい……」

無念そうな顔を二人がした。

「白河へ出されるその前夜、賢丸さまは、誓われたのでございまする。かならずや、主殿頭を追い落としてくれると」

「そのとき、少しでもお力になれるようにと、我らは武芸を磨きましてござる」

霜月に続いて津川が言った。

「そして、越中守さまが老中になられ、我らを徒目付となされた」

「田沼どのはもうおらぬのであろう。ならば、もっと上を、目付にでもなればもっとお手助けできましょう。それくらいの力を御老中はお持ちのはず」

鷹矢は疑問を呈した。

「御家人を目付に抜擢する。たしかに越中守さまならば、おできになりましょう。ですが、それをなされば、目立ちまする。とくに目付は鋭い。旗本の中の旗本という矜持を持つ目付が、成り上がりを受け入れましょうや」

「…………」

津川の話を鷹矢は黙って聞いた。

「受け入れますまい。表向きはなにもせずとも、裏で我らのことを調べあげましょう。そして越中守さまの引きだとわかれば……」

霜月が、一度言葉を切った。

「御老中さまの足を引っ張る材料になると」

「さよう。田沼主殿頭は終わりましたが、その眷属はまだ幕閣に潜んでおりまする。そやつらは虎視眈々と越中守さまへ復讐する機会を待っておるのでござる。さらに、越中守さまを追い落とし、己が老中首座になろうと考えている者もおりまする。それらにとって、目付という監察に手の者を押しこんだ越中守さまは僭越であり、糾弾するに十分な理由になりましょう」

霜月が述べた。

「しかし、そのていどで御老中さまが失脚するとは思えぬが……八代将軍吉宗さまのお孫さまでもあるのだぞ」

血筋としては、老中一、いや、過去すべての執政を凌駕（りょうが）する松平定信である。わずかな傷など問題にはならないのではと、鷹矢が言った。

「それが、かえってよろしくないのでござる」

津川が苦く頬をゆがめた。

「何が悪いのだ」

「上様でございまする」

問うた鷹矢に霜月が答えた。

「……上様」

「はい。上様は……」

「ま、待て」

話しかけた霜月をあわてて鷹矢は制した。

「その事情を知るわけにはいかぬ」

鷹矢は聞かせてくれるなと止めた。老中と将軍の確執に巻きこまれるなど勘弁して欲しい。幕府の頂上とその次席の諍いに五百石の小旗本が近づけば、吹き飛ばされるのがおちである。

「なにを言われるか」

冷たい目で霜月が見た。

「手遅れでござるぞ」

あきれた顔で津川がため息を吐いた。

「えっ……」

意味がわからず、鷹矢は混乱した。

「おわかりではないのか。越中守さまから指名されて、長く名目だけになっていた公儀御領巡検使に任じられた。世間はどう見ましょう」

「普通に……」

「お若いとはいえ、あまりにも世間をご存じではないようだ。ご父君はなかなか世俗にも通じたお方でございましたぞ」

反論しかけた鷹矢に、霜月が被せた。

「父をご存じか」

「何度か、ご指示を受けて、働かせていただきましてございまする。なかなかに偉ぶらず、我ら下役にもお気遣いくださるお方でございました」

訊いた鷹矢に、霜月がうなずいた。

「話がそれましたな……」

霜月が苦笑した。

「東城どの、ご貴殿はすでに越中守さまの手だと、世間から見られているということでござる」

「それは……」

言われた鷹矢は絶句した。

たしかに松平定信と会って、直接公儀御領巡検使の命を受けたが、その派閥に入ったつもりなどはなかった。

「ご貴殿がどうお思いであろうとも、周囲は、少なくとも幕府役人どもは、そう見るものでございまする」

津川が止めを刺した。

「それでおぬしたちが」

「さようでございまする。越中守さまより手助けをいたせと」

霜月が告げた。

「わかった。事情を知っていてくれるならば心強い」

そう言いながらも鷹矢は、二人との距離を感じていた。松平定信が二人を鷹矢につけた理由が、協力だけであるはずはない。二人は、鷹矢の監視も兼ねている。いや、そちらが主たるものであろうと鷹矢は見抜いた。

「草津まで一気に参ろう」

「承知」

「はい」

鷹矢の指示に、二人が首肯した。

街道を急ぐ鷹矢たちを見張る目があった。

「傷一つ付けられずとは情けない。家中でも遣い手として知られた者を出したというに」

　旅する藩士のような風体の武家が、無念そうに言った。

　東海道を旅する武家は多かった。江戸詰から国元勤務になった者や、法事や婚姻などで江戸から国元へ帰る者など、かなりの数の藩士が往来していた。

「このまま行かせるわけにはいかぬが……手が足りぬ」

　藩士が苦く頬をゆがめた。

「人を出すように国元へ言うか、京にいる者を呼ぶにしても、日がかかりすぎる。かといって、拙者一人でどうにかできるものでもない」

　難しい顔を藩士がした。

「後日厳しいお叱りを受けるだろうが、殿にご相談なく、国元へ助力を求めるしかないな」

　藩士が遠ざかっていく鷹矢たちの背へと目をやった。

　東海道草津の宿場は、京まであと一つのところにある。中仙道、伊勢街道などとの繋がりもいいだけに、多くの旅人が通過した。

「無事に着きましたな」

霜月がほっとした顔をした。

「ああ」

鷹矢も同意した。

旅の間中、また襲撃されるのではないかと緊張し続けるのは辛い。道中は当然、夜も見張りをしなければならないのだ。十分休めない肉体も疲れるが、それよりも精神が疲弊する。

「草津の本陣は、諸大名の宿泊が多いので、安心でござる」

津川が本陣の戸を開けた。

草津の宿場が繁盛しているのは、京にもっとも近いという利点だけではなかった。朝廷と大名の接近を嫌う幕府は、大名が京に滞在することを嫌った。京に屋敷を持っている大名でも、参勤では通過するのが慣例になっているくらいである。他の大名たちもできるだけ京を通らないように動く。そうなると、草津の宿を利用するのがもっとも便利になる。

上りだと草津で泊まり、翌日さっさと京を通過する、あるいは遠回りして丹波路、大和路を使う。下りだと無理をかけて草津まで足を延ばす。

この結果、草津の宿場は大いに賑わった。

多くの大名行列を同時にさばけるよう草津には本陣二つ、脇本陣二つがあった。

「公儀御領巡検使の東城典膳正さまである」

参勤交代の時期でないこともあり、草津の本陣はどちらも空いていた。

「どうぞ」

本陣の主人が奥へと案内した。

「ここの本陣は、床板に鉄板を敷いておりますゆえ、下からの攻撃は考慮せずともすみまする。また天井裏も他から侵入できぬよう、御座の間は封じられておりまする。また、庭との間に控えの間を挟みますゆえ、外からの狙撃もございませぬ。多少、油断をしても大丈夫なところでございまする」

霜月が説明した。

「そうか」

鷹矢はほっと安堵の息を漏らした。

「ここで従者たちの合流を待つのと……」

霜月が鷹矢の顔を見た。

「襲い来た連中の正体を考える」

「いかにも」

答えた鷹矢に、霜月がうなずいた。

「心当たりはござらぬ」

「ご貴殿に恨みを買うような来歴がないことは存じておりまする。なんのための六カ月だったと」

否定した鷹矢に、霜月が告げた。

「拙者のことを調べていたのか」

思わず鷹矢は激高した。

「落ち着かれよ。当然のことであろう。役目が役目。朝廷とやり合うことになるのでござる。ご貴殿がひも付きでないか、どこからか目を付けられていないかを念入りに確かめねばなりますまい」

「……むう」

正論に鷹矢は唸るしかできなかった。

「というより、貴殿しかなかったのでござるがな」

「どういう意味だ」

鷹矢は怪訝な顔をした。

「他の巡検使たちは、公家と血筋が近いか、上方に本店のある商家から借財をしているか、裏で越中守さまと対抗している者と繋がっているか……」

津川が口の端をゆがめた。

「まさか……」

聞かされた内容に鷹矢は絶句した。

「選定に六カ月かかった理由がおわかりでございましょう」

霜月が言った。

表向きの調査なれば、奥右筆に命じて記録を取り寄せるだけですむ。各家から出されている家譜には、代々の歴史が記されている。だが、すべてが記載されているわけではなかった。

あたりまえだが、つごうの悪いことは明らかにされない。

家督を継ぐことのなかった庶子や、乱行がもとで廃嫡された長男など、二百年近い歴史のなかにはある。その隠された部分まで調べるとなると、かなりの手間が要った。

「なかには大坂商人から千両余り借りてしまい、その息子を養子にしている使番もおりましたわ」

「…………」

鷹矢は声をなくした。

旗本も公家ほどではないが、血筋を誇りにしている。神君家康公の天下取りを支えてきたのは、我が先祖であるとの矜持を持っている。その旗本が、金で血筋を売るようなまねをするなど、鷹矢には考えられないことであった。

「おかげで大坂まで足を延ばす羽目になりました」

「それで、道中に慣れていたのだな」

霜月が道中のことをよく知っていた理由を鷹矢は知った。

「はい」

首肯した霜月が続けた。

「浜名湖で襲い来た連中は、どうみても武家でございました。それも浪人ではなく、主持ちの侍」

「ああ」

霜月の発言に鷹矢は同意した。身形もそうだが、身につけていた太刀や弓などもしっかりと手入れされていた。

浪人でその日暮らしになれば、太刀の手入れがまず省かれる。なにより、持ち運びが面倒で撃つたびに矢を消費して金のかかる弓を浪人が持つことはなかった。

「敵になる相手は……」

鷹矢が疑わしい者は誰かと、霜月に問いかけた。

「さようでございますな。まず、田沼主殿頭に繋がる者。越中守さま以外の老中。そして公家。最後に帝」

「馬鹿なことを言うな」

帝と言った霜月を鷹矢はたしなめた。

「それが不遜だというならば、言い換えましょう。朝廷と」

「……………」

他人の懐に手を突っこみ、収入を探りに行くのだ。嫌われて当然である。鷹矢も言い返せなくなった。

「し、しかし、朝廷に武家はおるまい」

「おりますぞ。禁裏侍というのが」

鷹矢の抗弁はあっさりと潰された。

「かつての北面の武士らが、禁裏侍と名を変えて京には残っておりまする。もっとも武力といえるほどの数もおりません。一人一人の腕まではわかりませぬが」

津川が告げた。

「敵が多すぎる」

「まさに」

松平定信の政敵すべてに、朝廷となると絞りきれないほどいた。

「まずないと思いますが、大坂や京の豪商も気を付けておかねばなりませぬ」

「商人まで」

鷹矢が目を剝いた。

「今回の巡検とはかかわりございませぬが、越中守さまのおこなわれる倹約令、これに上方の商人たちは強く反発しておりまする」

「商いに影響が大きいからだな」

「ご明察でござる」

答えた鷹矢を津川が称賛した。

「どうすればいいのだ」

鷹矢は頭を抱えこんだ。

「囮(おとり)を使うしかございますまい」

霜月が述べた。

「……囮。拙者に囮をせよと」

「ご理解が早くて助かりまする。東城どのに敵を呼び寄せ、それを捕らえることで、背後を探る。これしかございませぬ」

確かめた鷹矢に、霜月が首肯した。

「無茶を言う」

的になれと言われたに等しい。鷹矢は嫌な顔をした。

「他に手だてはございませぬ」

「ご安心くだされ。きっと我らが御身を守ってみせまする」

霜月と津川が口々に言った。

「……どうすると」

役目の真の意味を教えられては、逆らうわけにもいかない。鷹矢は嘆息しながら問うた。

「従者がそろい次第、身形を整えて、山城国へと入りまする」

霜月が策を話し始めた。

強行軍のため、巡検使としての正式な裃は置いてきた。さすがに、今の紋付き羽織と馬乗り袴では、格式が保てない。それこそ、巡検先で、ふざけているのかと追い返されるかも知れない。

巡検使は将軍の権威を背負っている。それなりの格好をしなければ、役目は果たせなかった。

「従者を置いていくのだな」

ここで着替えるという意味を鷹矢は読みとった。

「はい。己の身を守れぬ者は足手まといでござる」

冷たく霜月が告げた。

「当然だな」

それに対して、鷹矢は反発しなかった。戦いになるかも知れないところに、武器を手にしたこともない小者を連れていくのは、死んでもいいと己が考えているも同じであった。

「武士身分とはいえ、次郎右衛門は剣も遣えぬし、残していくがよいな」

鷹矢は家臣の保護も口にした。

「いささか情けないことではございますが、余計な死人は出したくございませぬ。なにより、巡検使はご貴殿でござる。貴殿のご指示に我らは従うだけ」

「よく言う。御老中さまの手であろうが」

ぬけぬけと言う霜月に、鷹矢は皮肉った。

「ここで越中守さまの御命を承れるならば、そちらを優先いたしますが、今はお顔を見ることさえできぬ遠国でござる」

顔色一つ変えず、霜月が鷹矢の嫌みを流した。

「それに東城どのは、越中守さまがお選びになられたお方。我らが命を預けるに十分でござる」

「いかにも。どのように使い潰していただいても結構でござる」

「………」

異様なまでもの松平定信へ忠誠に、鷹矢は言葉を失った。

三

次郎右衛門たちは翌日の夕刻、草津の本陣へと着いた。

「なにごともなかったか」

「無事でございました」

気遣った鷹矢に、次郎右衛門が笑った。

「なによりである」

捨ててきたに等しいのだ。鷹矢は次郎右衛門と吉次郎の顔を見てほっとした。

「よろしいか」

主従の再会を待っていた霜月が口を出した。

「なんでございましょう」

霜月の目が己を見ていると気づいた次郎右衛門が問うた。

「浜名湖で逃げた船頭について、なにか聞いておらぬか」

「あいにく……」

次郎右衛門が首を左右に振った。

「さようか」

訊いた霜月が苦い顔をした。

「気になるのか」

鷹矢は訊いた。

「関所は破りや抜けを厳しく取り締まるところでございまする。あの辺りで抜け道、それこそ山のなかの獣道まで知り尽くしている関所番から無事逃げ出すというのが、いささか」

「気に入らぬか……たしかにな」

説明に鷹矢は納得した。

「よほど船頭の腕がたつ」

「それはございませぬ。浜名湖での戦いで、船頭は足手まといでしかございませなんだ」

「言われてみれば……」

霜月の言葉に鷹矢は思い出した。

「その船頭が、しかも着替えさえなく目立つ裸で逃げおおせるなどあり得ませぬ」

「逃げる途中で溺れ死んだというのはどうだ」

「ありえますが、それはよろしくござらぬ」

鷹矢の言いぶんに、霜月が表情を険しくした。

「なにがだ」

「己につごうのよい推察をしては、いざというとき罠に落ちることになりまする」

首をかしげた鷹矢に霜月が教えた。

「なるほど」

「では、なぜ逃げられた……」

鷹矢が尋ねた。

「考えられるのは、後詰めがいた」

「後詰め。別に仲間がいたのか」

鷹矢も頬をゆがめた。

「となれば……」

「ああ」

霜月と津川が顔を見合わせた。

「どういうことだ」

一人省かれた形になった鷹矢が訊いた。

「後詰めがいたならば、急いだ我らにも気づいておりましょう」

津川が語った。

「ここも見張られていると」

「さようでござる」

確かめた鷹矢に、津川が首肯した。

「むうう。明日からの行程も」

鷹矢が二人の徒目付を見た。

「我らの動きは見張られていると考えるべきでございましょう」

代表して霜月が答えた。

「ではなぜ、再度襲ってこなかった」

鷹矢が問うた。

「手が足りなかったのでございましょう。十分な手があれば、もっと京の遠くで襲い来たはず。京に近づくほど、相手の正体は見えやすくなりまする」

津川が推測した。

「手が足りぬか」

「はい。浜名湖で襲い来た三人は、それぞれにかなりの遣い手でございました」

津川が述べた。

「いまどきの武家にしては珍しく、太刀も振るえました」

霜月も同じことを口にした。

最後の戦い、大坂の陣から百七十年以上経った。実際に合戦を知っている者などとうに死に絶えている。

武家の出世も武から文に代わっている。番方での出世は望めず、勘定方だと余得も多い。

剣術の修行をするよりは学問をするべきとなって久しい。

「舟という足場の悪いところでなければ、どうなっていたかわかりませぬ」

「…………」

　霜月の言うことを鷹矢は否定できなかった。

　弓矢まで用意するほど周到な敵であった。一つまちがえれば、全滅していたのはこちらであった。

「あれだけの遣い手は、そうそうおりますまい」

「うむ」

　鷹矢も同意した。

「しかも三人で襲い来て、同数の我らに圧倒されたのでござるぞ。当然、次はより一層の戦力を揃えて参りましょう」

「なるほど」

「人を雇うにしても、ふたたび家臣を使うにしても、準備に日数が要りまする。そして、十分な戦力をもったとして、そのとき我らがどこにいるかわからなければ話になりませぬ」

「そこで我らに目を付けているか」

「はい」

納得した鷹矢に、霜月が首肯した。

「こちらから捜さずにすんだと考えるべきであるな」

「ほう」

言った鷹矢に、霜月が感心して見せた。

「向こうは、我らを見逃さないのだろう。かといって、黙ってやられてやる義理はない」

「仰せの通り」

「死ぬ覚悟はしておりますが、殺されてやる気はございませぬな」

鷹矢に続いて二人が言った。

「向こうを見つけられるか」

鷹矢は尋ねた。

「見張りをあばき出すのでございますな」

「そうだ。ただ、見つけるだけで殺さぬし、追い払わぬ」

確認した霜月に、鷹矢は付け加えた。

「敵の目印とするわけでござるか」

「ああ」

鷹矢はうなずいた。

「霜月」

「うむ」

徒目付二人が目で合図をした。

「儂が出る。おぬしは後見を」

「了解した」

霜月の指示に津川が認めた。

「では、しばらくお待ちを」

すっと霜月が立ちあがった。

「夜だぞ」

すでに日は落ちていた。夜では見つけられるものも見えなくなる。鷹矢は危惧した。

「人気がないだけ、楽でござる。昼は、往来する旅人の気配に紛れてしまいますゆえ、かえって見つけにくくなりまする」

霜月が述べた。

「そういうものか」

「はい。では」

感心した鷹矢に一礼して、霜月が出ていった。

「わたくしも」

その後を津川が追った。

「殿……」

不安そうな顔で次郎右衛門が鷹矢を見た。

「大事ないとはいえぬが、そなたたちは加勢せずともよい。このまま、この草津の宿場で待っていてくれればよい」

「なにをおおせになられまするか」

さっと次郎右衛門の顔色が変わった。

「主君だけを危地に追いやり、家臣が安全な宿で待っているなど、論外でございまする」

次郎右衛門が口角泡を飛ばした。

「ありがたいことだがな、足手まといだ」

「うっ」

冷たく言う鷹矢に、次郎右衛門が詰まった。数日前に、浜名湖でその通りの形になったのだ。

「もちろん遊ばせておきはせぬ」

「なにをいたせば」

「まず、江戸へ吉次郎を帰せ。手紙を託す。若年寄安藤対馬守さまのもとへ報せを」

「はい」

鷹矢の指示に吉次郎が首を縦に振った。

「次に次郎右衛門、おぬしはここで我らと江戸からの繋ぎをいたせ」

「どのように」

そのような役目は経験がない。次郎右衛門が具体的な話を求めた。

「吾からの連絡を受け取り、江戸へ送る。飛脚の手配だな。他に宿場町を歩いて、京の噂を集めてくれ」

「噂を集める、でございますか」

「ああ。草津宿は、京から東最初の宿場である。当然、全員が京を通っている。京で騒ぎなどがあれば、かならず草津へ来る。それをしっかり記録しておいてくれ」

「承知いたしました」

鷹矢の指示に次郎右衛門が首肯した。

「次に、これから我らは京、山城へと向かう。当然、いろいろなことになるだろう。三日に一度はそなたに報せを出す。人をやるか手紙になるかはわからぬが……途絶えたときの始末を頼む」

「途絶えたとき……」

次郎右衛門が泣きそうな目で鷹矢を見た。

「お役目は命がけである。それが旗本だ。いざというとき、その身を差し出せるからこそ、御上は代々の禄を下さっている。お役に立てるときが来たのだ。喜べ」

鷹矢が胸を張った。

「殿……」

「頼むぞ」

感激している次郎右衛門に、鷹矢はうなずいた。

小半刻（約三十分）ほどして、徒目付二人が戻ってきた。

「どうであった」

「見つけましてござる」

身を乗り出した鷹矢に、津川が答えた。

「おおっ」

「落ち着かれよ」

霜月が興奮する鷹矢を制した。

「すまぬ」

待っていただけの鷹矢が、身体を張った二人より声を大きくしてはまずい。鷹矢は大きく息を吸った。

「本陣宿を出て、右に進んだ拙者の後を五間（約九メートル）ほど開けて、一人の武家がついて参りました」

「確認いたしておりまする」

霜月の報告に、後見として出ていた津川が追加した。

「どのような男だ」

「不惑まで後少しといった歳ごろでござろうか。身の丈は五尺と二、三寸（百五十六から百五十九センチメートル）くらい。肉付きはやせぎす。黒鞘の両刀をさしておりまする」

「どこにでもいそうだな」

想像した鷹矢が眉をひそめた。

「たしかに。ですが、そうでなければ見張りの役には立ちますまい。身の丈八尺（約二・四メートル）だとか、体重百貫（約三百七十キログラム）とか、真っ赤な裃とかでは、目立って、どうしようもありますまい」

「極端な例だな」

言った霜月に鷹矢が苦笑した。

「まあ、わたくしたちは顔を覚えておりますゆえ」

「わかった。明日にでも教えてくれ」

鷹矢は引いた。

四

翌朝、裃姿になった鷹矢は、本陣を出た。問屋場から借り出した馬に、鷹矢はまたがった。

「では、参ろうぞ。昼前には山城に入れよう」

「はっ」

「そのように」

鷹矢の指示に、二人の徒目付が頭を下げた。

「お発ち」

霜月が大声を上げた。

公用旅は、幕府の権威を見せつけるものでもある。本陣から出るときでも、周囲にわかるようにするのが決まりであった。

「寄れ、寄れ」

鷹矢の前に立った津川が、街道筋の旅人たちを道の端へと寄せた。

その様子を少し離れたところで見ていた、戸田因幡守の家臣が鼻を鳴らした。

「たかが千石にも満たない小旗本が、殿と同格な振る舞いをするなど……」

家臣が吐き捨てた。

「ふん」

「……まだ来ぬのか、援軍は。このままでは京に入られてしまう」

遠ざかる鷹矢の背中を睨みながら、藩士が焦った。

「京に入った役人は、かならず所司代さまに挨拶をするのが決まり。それをすませてしまえば、京での事象は所司代さまの責任になる」

京都所司代は京都町奉行所を所管してはいないが、大きな影響力を持つ。都でなにかあれば、まず京都町奉行が、続いて京都所司代が責められた。

「足止めだけでも……」

後をつけながら、藩士が思案した。

「雲助にでもさせるか」

藩士が独りごちた。

草津の宿場は京に近く、旅人の往来が多い。となれば旅人目当ての駕籠(かご)かきや荷運びなども増える。そのなかには、雲助と呼ばれる怪しげな連中もいた。

「お姉さん、次の宿場まで乗っていきなよ。安くするぜ」

ぼろぼろの枠に、醬油(しょうゆ)で煮染めたような座布団を敷いた駕籠を背に、ふんどし一つの駕籠かき二人が、道行く女に声を掛けていた。

「なんならただでもいいぜ。その代わり、ちょいと後でおいらたちを乗せてくれればいい」

「そいつはいいな」

駕籠かきたちが下卑た笑いを浮かべた。

「…………」

からかわれた女が無視して進んでいった。

「お高くとまりやがってよお。しかし、あの尻たまらねえなあ」

「おうよなあ。最近ご無沙汰だしな」

女の後ろ姿を見つめながら、二人の駕籠かきがため息を吐いた。

「やるか」

「……いいな」

駕籠かきが顔を見合わせた。

「逢坂山でさらっちまえば、めだたねえ」

「後は、そのへんの草むらで……」

二人がにやりと笑った。

「いくぜ」

「おう」

駕籠を担いで二人が先を行く女の後をつけ始めた。

「待て、駕籠かき」

藩士が呼びかけた。

「あん」

「なんでえ」

すでに武家が威信を失って久しい。雲助になるような駕籠かきから武家への尊敬は消えていた。

「金が欲しいか」

藩士が懐から小判を出して見せた。

「おおっ」

「こいつは……」

駕籠かき二人の目の色が変わった。

「なにをさせたい。あの女を手に入れたいのか」

先棒がちらと遠ざかりつつある女を見た。

「いや。ちと足止めをしてもらいたい相手がある」

「足止め……」

藩士の申しぶんに後棒が怪訝な顔をした。

「先ほど馬に乗った武家が通ったであろう」

「役人か」

嫌そうな表情を先棒が浮かべた。

「そうだ。あの一行を先に進ませないでもらいたい」

「……………」

後棒が不審な目つきをした。

「役人に手出しをするのが怖いというならば、なかった話でいい」

冷たく藩士が小判を仕舞った。

「待ちな」

駕籠かきが慌てた。

「やらねえとは言ってねえ。ただ、役人を相手にするには、一両じゃ安すぎるだろう」

後棒が値上げを要求した。

「わかっている」

うなずいた藩士が、懐から五両出した。

「うおっ」

「すげえ」

駕籠かき二人が唾を呑んだ。

「やるか」

「もちろん」

「金を寄こせ」

確かめた藩士に、駕籠かき二人が手を出した。

「ほれ」

その手に藩士は一両ずつを置いた。

「おい、話が違うぞ」

先棒が不満を見せた。

「当たり前だ。全部の金をやれば、なにもしないだろうが」

「ちっ」

読まれた後棒が舌打ちした。

「おい、愚かなまねをするな」

息継ぎ棒を握りしめた先棒に、藩士が声をかけながら、柄を摑んだ。

「……こいつ」

先棒が藩士を睨んだ。

「こっちを襲って金を盗ろうと考えるなど、お見通しだ。どうする。その二両で逃げるか。逃がしはせんがな。後を追って斬り捨てるぞ」

藩士が殺気を出した。

「相棒……」

「ああ」

駕籠かき二人があきらめた。

「残りの金はまちがいないだろうな」

「武士に二言はない」

念を押す駕籠かきに、藩士が首肯した。

「昨今、そいつが一番信用できねえがな」

先棒が吐き捨てた。

「さっさといけ。見えなくなるぞ」

「わかった。おい」

「おうよ」

二人が駕籠をかいて走り出した。

「追い抜きざまに、駕籠を投げ出すぞ」

「合点」

先棒の案に後棒が同意した。

東海道は三間（約五・四メートル）幅のところが多い。草津宿場から京までは、逢坂の関付近をのぞいて三間に統一されていた。

他の脇街道、村道などに比べると広く、整備もされているが、駕籠を横たえられては通れなくなる。とくに臆病な馬は、足下に障害物があれば、そこで動きを止められた。

「えっほ、えほ」

「ほいさ、ほい」

二人の息が合わなければ、駕籠はまっすぐ進まない。

駕籠かき二人は、目を付けていた女を過ぎ、さらに鷹矢たちを追いこした。

公用旅や大名行列を追いこすのは無礼とされ、手討ちにされても文句は言えないと思われているが、それは行列の前、途中を横切る場合であり、抜き去るについては黙認するのが慣例となっていた。

旅には急ぎの理由があるときがある。親の危篤、妻の出産など一刻を争う。そんなときに、のんびりと進んでいく行列があっては、たまったものではない。そこで、行列などは、街道を外れて抜き去って行く者を見過ごすようになった。

それが時代が下がるにつれ、武家の地位が低下、現在では街道の隅を小腰を屈めていけば、知らん顔をするようになっていた。

「急ぎ駕籠で、ごめんなさいよ」

一応の礼儀として、先棒が口を開いた。

「むっ」

「無礼な」

津川と霜月が顔をしかめた。

どちらかといえば、急ぎ足に近い速さで進んでいる公用旅に追い抜きをかける。細かく咎めだてるほどではないが、よい気はしない。

「おいっ」

「合点」

一行を抜き去った瞬間、駕籠かきが合図とともに、駕籠を放り出した。

不意のことに、馬が竿(さお)だった。

「なんだ」

落馬しそうになった鷹矢は、自ら飛び降りた。

「きさまらっ」

「なにをする」

二人の徒目付が、前に出た。

「………………」

「えへっへ」

息継ぎ棒を手にした駕籠かきが、一行に対峙した。

「なにをしているかわかっているのか。我らは御公儀御領巡検使である。無礼は御上への叛逆であるぞ」

霜月が怒鳴りつけた。

「聞こえねえな」

先棒が笑った。

「なにを言ってるかわからねえ」

後棒も口の端をゆがめた。

「どうどう」

馬が暴れては、周囲に迷惑がかかる。屋敷で飼っている軍馬と違い、問屋場の馬は小さい。だが、それでも人よりも大きく、重い。ぶつかられたら、無事ではすまない。

「なるほどな。馬が弱点になるのか」

数人の旅人を挟んで一行を見ていた藩士が、喜んだ。

「駕籠かきていどでは、小半刻（約三十分）も稼げまい。だが、馬がいなくなれば……」

藩士が近づいていった。

「津川」

「ああ。安い手だな」

霜月と津川が、これも襲撃だと気づいた。

「一応、人を殺した経験はありそうだが」

駕籠かき二人を津川が見つめた。

「だが、ちゃんとした修行を積んでいるわけではない」

霜月が冷静に告げた。

「足止めにもならん」

するすると津川が前に出た。

「やる気か、二本差し」

後棒が身構えた。

「くらえっ」

声を掛けた後棒に意識が行く隙を狙って、先棒が殴りかかった。

「ふん」

鼻先で笑いながら、津川が太刀を振るった。

「当たるかよ」

すっと先棒が下がった。場慣れした動きだったが、それ以上に津川の腕はたった。

「……えっ」

半歩退いた先棒が呆然とした。手にしていた息継ぎ棒が半分ほどになっていた。

「いつの間に……」

短くなった息継ぎ棒に先棒が注意を持っていかれた。

「甘いな」

嘆息しながら津川が、太刀を突き出した。

「かはっ」

肋骨の間に刃を入れられた先棒が沈んだ。

「えっ、えっ、え」

相棒が死んだのを見た後棒が混乱した。

「公用旅に無体を仕掛けるくらいだ。今までも十分罪を犯してきたであろう。報いが来たと知るがいい」

霜月が踏みこみざまに、袈裟懸けに後棒を斬った。

「…………」

右肩から左脇腹まで裂かれた後棒が、声もなく即死した。

「……なにもできなかった」

なんとか馬を押さえただけで、鷹矢は太刀を抜きさえしなかった。

「それが我らの役目でござる」

血の付いた太刀を拭いながら、霜月が述べた。

「こやつらはどうする」

「街道の脇に落としておきましょう。途中の村に報せれば、あとは適当にいたしましょうほどに。このあたりは膳所藩か、それとも京都町奉行所か、わかりませぬが」

津川が言いながら、先棒の死体を蹴り飛ばした。

「逢坂の関をこえていないゆえ、大津町奉行ではないかの」

霜月が言った。

「大津町奉行は八代さまのときに廃止、京都町奉行へ権限移譲されたはずでござる」

鷹矢が否定した。

「そうでございましたか」

徒目付の身分は低い。霜月が知らなくても当然であった。鷹矢が知っていたのは、亡くなる寸前の父に遠国奉行転任の内示があったからである。

「まあ、我らが後始末にかかわることはございませぬ」

津川が宣した。

「京都町奉行に徴集を求められるのではないのか」

鷹矢が問うた。

「公用旅に無体を仕掛けたのでござる。無礼討ちで当然。これが諸藩の家臣であったとか、旗本、御家人との衝突となれば、話は変わりますが、このような雲助など、斬り捨てたところで、どうということもございませぬ」

霜月が答えた。

「さて、余計なときを喰いました」

先を急ごうと霜月が鷹矢を促した。

「ああ」

鷹矢はようやく落ち着いた馬にまたがり、歩を進めた。

第四章　山城の国

一

山城国には公家の所領が集中していた。これは幕府が、朝廷領を含め、まとめて公家領も管理することで、支配しやすくするためでもあった。

公家は最大の禄を持つ近衛家でさえ三千石、その他の摂家は、二千石内外なのだ。公家と呼ばれるぎりぎりの下っ端ともなれば、三十石から五十石ていどでしかない。徳川家でもっとも下級武士になる同心の三十俵二人扶持と比べても差がなかった。

これは徳川の家に功なきは遇せずという幕府の意思表示であった。

幕府ならまとめて浅草米蔵から禄を給される御家人並となれば、所領に代官を送る余裕などない。公家は誰もが年貢の徴収を幕府に委託していた。

問題は年貢以外の租であった。

人を出させる、米以外の作物を取りあげる、名産品を献上させるなど、領地に対して領主は要求を出すことがある。これはなにも公家だけではなく、武家もおこなっている。

酷い領主となると、屋敷で使う小者、女中をすべて領地から出させ、給金をまったく払わないこともある。

だけではない。人の数に一定の金をかける人頭税、馬や牛に税をかける領主も多い。薩摩が琉球に命じている租ほど酷いものはそうそうないが、かけられる方はたまったものではなかった。

人は抑えつけられても、飢えない限り反発しないものである。だが、それをこえた途端、百姓は爆発する。

一揆である。

天草のキリシタン一揆を例に出すまでもなく、すべては領主の苛政が原因であった。

「山城国は、京都代官の支配だったな」

逢坂の関をこえたところで、鷹矢が口を開いた。

「はい。小堀家の世襲で、当代は小堀数馬邦直でございまする」

下調べを霜月はすませていた。

「小堀邦直は、寛保元年（一七四一）に十三歳で家督を継ぎましたが、京都代官を務めるには、幼すぎるということで、しばらく叔父小堀十左衛門が代行しておりました。実際の代官として役目を担ったのは、宝暦四年（一七五四）六月より」

「ということは、三十年近くにわたってその職にある」

「さようでございまする」

感心した鷹矢に霜月が首肯した。

「しかし、それは同時に、朝廷や公家とのつきあいが長いということでもある」

「はい」

鷹矢の指摘に、霜月が同意した。

「そもそも小堀家の世襲だというところに問題がございましょう」

津川が口を挟んだ。

京都代官小堀家は、戦国武将小堀遠江守政一、通称遠州の弟を祖とする。世襲代官の弊害を知った幕府が、異動を繁雑におこなうなか、関東郡代の伊奈家と並んで、職を受け継いでいる。また封禄が六百石もありながら、すべてを廩米（りんまい）で給される珍しい家柄でもあった。任のため京に定住し、家督を継ぐときくらいしか江戸城には出仕しない。

「京都代官の権はどこまである」

鷹矢が問うた。

「京都代官は役料千俵、躑躅（つつじ）の間詰で布衣格、朝廷領並びに公家領の租税徴収、皇室の雑用も司りまする。他に二条城の作事、山城国の水運、近畿の幕府領支配も任といたしまする」

あらかじめ調査はすんでいる。霜月がすらすらと説明した。

「かなりのものだな」

鷹矢が驚いた。

「当然、公家のことにも詳しかろう。よほど拙者より適任だと思うが……」

「いいえ。小堀は公家に飲みこまれておりまする」

はっきりと霜月が首を左右に振った。

「飲みこまれているとはどういうことだ」

鷹矢は訊いた。

「言い換えましょう。飲みこまれているのではなく、そのものだと」

霜月が告げた。

「その証拠に二代前の惟貞は、勧修寺大納言の娘が産んでおりまする」

「大納言さまの……」

出てきた官名に鷹矢が絶句した。

大納言は大臣の下で、朝議の主役である。幕府では御三家、それも尾張家、紀州家の当主が、そうとう長く在任しなければたどり着けない。西の丸に入る将軍世子がようやく与えられる官位であり、かなりな高位である。

その大納言の姫が、六百石の小堀家へ嫁いだ。常識で考えれば、あり得る話ではなかった。

「さらに惟貞早死の後を受けた正誠も同母の弟でござる」

「公家の姫がそれほど子を産んだか」

もう一度鷹矢は驚愕した。

公家の姫だけではない。旗本、大名など名門の姫は、身体が弱く生涯子供を妊娠しない者が多い。産んでもせいぜい一人であった。

「もう一つ……」

「まだあるのか」

霜月の言葉に、鷹矢は嫌そうな顔をした。

「当代の邦直でございますが、惟貞の長男でございまする」

「惟貞の長男……勧修寺大納言の曾孫」

「さようでござる」

ゆっくりと霜月がうなずいた。

「小堀は、朝廷側だと考えるべき」

「はい」

「………」

霜月と津川が同意した。

「京都代官の配下はどのていどだ」

「定員は定められておりませぬが、調べましたところ手代が三十人ほど付けられておりまする。もっとも二条城での実務がありますし、近畿の幕府領へ派遣もしなければなりませぬ。いいところ、山城にはいても五名ていどでしょう」

霜月が推測を口にした。

「手代ならば、さほど問題ではないな」

鷹矢が安堵した。

手代は代官の下で年貢の計算など実務を担当する。算盤、算術には長けているが、正式な武家の身分ではなく、両刀を差すこともまずなかった。

当たり前だが、剣術の稽古などしたこともない。手代が十人いたところで、鷹矢一人の相手にさえならなかった。

「剣術で片が付くことならば、仰せの通りでございますが……」

「書付の数字をごまかされたらどうしようもございませぬ」

霜月と津川が表情をゆがめた。

「むうう」

年貢を納める時期ならばまだしも、それ以外の巡検ならば、確かめるのは書付になる。どこの村からどれだけの米が納められたか、その米がどうやって公家のもとへ届けられたのかなど、これらは紙の上で調べるしかないのだ。

徒目付は御家人の非違を監察するだけでなく、目付の指示であちこちに探索方として送りこまれることもある。文字は読めるし、多少の計算もできる。だが、手代は勘定の専門家である。とてもそのくらいの能力では、勝負にならなかった。

「とにかく当たってみるしかなかろう」

鷹矢は気持ちを切り替えた。

山城国に入った鷹矢たちは、ただちに村々を訪れ、話を聞いた。

「巡検使さまでございますか」

鷹矢たちを迎えた庄屋は、畏れ入ってはくれるが、なかなか本心を明かそうとはしなかった。

「お代官さまは、いつもわたくしどものことをお気遣いくださいまする」

「年貢の取り立ても決して厳しくはございませぬ」

庄屋たちは、口を揃(そろ)えて小堀家の姿勢を讃えた。

「これでは話にならぬ。直接百姓どもに訊くしかない」

鷹矢たちは庄屋への聞き取りを適当に切り上げ、村中をうろついた。

しかし、結果はかわらなかった。

「ちと、ものを尋ねたい」

「畏れ多いことでございまする」

鷹矢たちが近づくと、百姓たちは平伏して、どれほど言っても顔を上げようともしない。

「なんもございませぬ」

「ご威光で」

百姓たちは判で押したように同じことしか口にしなかった。

「これは……」

さすがにこれが続けば鷹矢でも気づく。

「前もって……」

「おそらく」

「小堀の仕業でございましょう」

訪れていた村を出たところで、三人は密談した。

「やはり、根回しはすんでいるな」

「はい」

「見事に統制が取られておりまする」

三人が困惑した。

「手出しのしようがない」

「………」

鷹矢の嘆息に、霜月が考えた。

「どうかいたしたのか」

黙った霜月に、鷹矢は訊いた。

「手がないわけではございませぬ」

行く先へ目をやっていた霜月が述べた。

「なんだと」

聞いた鷹矢は勢いこんだ。

「訴人でございまする」

「……訴人」

鷹矢が首をかしげた。

「汗水流して働いた収穫を黙って持って行かれるのでござる。それも作った百姓が米を食えないほど貧しい。己で作ったものを口にできない。当たり前でござるが、百姓で年貢に満足しておる者などおりませぬ。庄屋や小作人を抱える豪農は別でございましょうが」

「よいのか、霜月」

年貢への不満を認めるというのは、幕政への批判である。鷹矢が驚いた。

「こんなところで取り繕っても意味ございますまい。もしかして東城どのは、わたくしを評定所へ訴え出られるおつもりで」

「……馬鹿をいうな」

鷹矢が否定した。

評定所は旗本、御家人の裁決をおこなうところである。ここへ訴えでれば、目付や徒目付などを介さず、相手を裁きの場へと引き出せた。

「ならばよろしゅうございましょう」

「たしかにそうだが……誰が見ているかわからぬのだ。慎重にいたせ」

鷹矢は釘を刺した。

もし、霜月が不穏当な発言をしたと目付に知れれば、その責任は一行の頭を務める鷹矢にも及ぶ。目付の調べが入るまでに、霜月を売れば助かるが、それをしなければよくて失職、小普請入り、下手すれば改易である。もっとも、配下を売って生き残ったところで、後はよくない。目付に目を付けられるだけでなく、配下をかばわなかったという悪評がついて回る。まず、出世はなくなるうえ、嫁取りなどかなり不利になった。

「承知いたしましてございまする」

一応、霜月が頭を下げた。

「で、どうするのだ」

あらためて鷹矢は問うた。

「お二人はこのまま次の村へと向かっていただきますよう」

「おぬしはどうする」

霜月の案に鷹矢が尋ね返した。

「一度先ほどの村へ戻り、厠を借りまする。そうしてわたくし一人になることで、百姓どもが近づきやすくなりまする」

「意味はわかったが、効果はあるのか」

「おそらく。先ほど庄屋の庭に集まっていた百姓のなかに、ずっと下を向いたままの者がおりました」

問うた鷹矢に霜月が答えた。

「よく目を配っていたな」

鷹矢は感心した。

「徒目付の仕事は、人の表情を見抜くことでござる」

なぜか津川が胸を張った。

「なるほどの。任せるが、危険なまねだけはしてくれるなよ」

鷹矢は納得したうえで、慎重さを求めた。

「大事ございませぬ。百姓ならば何人来ようともさばけまする」

霜月が力強くうなずいた。

「では、我らは次の村に行っておる」

鷹矢が馬に乗った。

一人分かれた霜月が、先ほどの村へと戻った。

「お役人さま、なにか」

村に入るなり、霜月に声がかかった。

「……見えなくなるまで見張っていたな」

口のなかで霜月が呟いた。

「いや、腹が痛くなったので、厠を借りようと思ってな」

霜月がわざとらしく、腹をさすった。

「それはいけませぬ。水にでも中(あた)られたのでございましょう。どうぞ、庄屋の屋敷で」

「いや、それまでもちそうにない。その辺の家で頼みたい」

案内しようとする百姓を止めて、霜月が表情をゆがめた。

「ですが、このへんの厠は、外から丸見えでございまして」

百姓家の造りは決まっている。肥料として重要な糞尿は取り出しやすいよう、屋外に厠が設けられていた。一応雨風を防げるていどでしかなく、糞尿桶(おけ)のうえに板を二枚渡しただけという簡素なものが多かった。

「構わぬ。急いでくれ」

霜月は要求した。

「やむをえませぬ。どうぞ」

見張り役をしていた庄屋ほどではないが身形のましな百姓が、すぐ側の家へと霜月を連れていった。

「お役人さまが、厠をお使いじゃ」

何ごとかと見ていた家人に、案内役の百姓が告げた。

「すまぬ。借りるぞ」

さっと霜月が厠に入った。

「……助かった」

少しして厠から霜月が出てきた。

「手を洗いたいのだが……」

「おい、柄杓（ひしゃく）の水を」

案内役の百姓が、家人に命じた。

「悪いが、巡検使さまご一行がどの辺りまで行かれたか見てきてくれぬか。まだ、少し腹がしぶるゆえ、些か休みたい。あまり遠いようであれば、追うがな」

霜月が案内役の百姓に頼んだ。

「なんなら誰かに見に行かせてくれてもよいぞ。そこの者」

「お待ちを」

家人の一人を指さした霜月に、案内役の百姓が慌てた。百姓と巡検使の接触をあからさまに嫌がっていた。

「あの者では失礼でございましょう。わたくしが参りまする」

「そうか。すまぬな。その街道から見るだけでいい」

霜月が、ここから見える村の出口を指さした。

「あそこからでよろしいので。では、ただちに」

急いで案内役の百姓が走っていった。

「動かずに聞け」

声が聞こえないところまで案内役が離れたところで、霜月が家人に注意を与えた。

「我らは巡検使である。領主のよろしくないところを確かめ、是正させるために回っている。なにか、言いたいことがあれば、村を出て少し離れたところに見えた神社で待っている。今から半刻（約一時間）だけだ。もちろん、誰がなにを言ったかを漏らすことはない」

「………」

家人たちが声を出さず、目を大きく開いた。

「ではな」

霜月は案内役が帰ってくる前に立ちあがった。

「お役人さま、もうよろしいので」

案内の百姓が、近づいて来た霜月に驚いた。

「うむ。あまり遅くなるわけにもいかぬし、隣村くらいならば我慢もできよう。無理を言ってすまなかったな」

霜月が案内の百姓に礼を述べた。

「それにしてもいい村だな。稔（みの）りもよさそうだ」

「はい。小堀さまがお気遣いのおかげでございまする」

出ていくと言った霜月に、案内の百姓が安堵の顔をした。

「では」

霜月は手を振って歩き出した。

「……行ったか。戻ってきたときはなにか見つかったかと怖れたが。やはり、役人というのは、表しか見ぬものよな」

口の端をゆがめながら案内の百姓が、庄屋の屋敷へと向かった。

村と村は結構な距離で離れている。間には橋もあり、ちょっとした峠もある。寺社もいくつかあった。

寺は人別を扱っていることもあり、住職が在住していることが多いが、村の鎮守ていどの社となれば、神主不在が当たり前であった。

霜月は一度神社の前を通り過ぎ、道を外れて藪のなかを歩いて鎮守の森へと着いた。

「…………」

他人目に付かないように、社の裏手に回って、霜月は潜んだ。

「お役人さま」

小半刻（約三十分）少し待ったところで、おずおずとしながら、厠を借りた家の百姓が現れた。

「ここじゃ」

顔だけ出して霜月が呼んだ。

「あっ……」

来ておきながら、百姓が後ろへ数歩下がった。

「怯えるな。そなたの名前は訊かぬ。話だけ聞かせてくれればよい」

霜月が柔らかい声で言った。

「へい」

百姓がうなずいた。

「年貢はどうだ」

「五公五民でございまする」

「いささか重いが、取り立てて厳しいとは言えぬな」

百姓の答えに、霜月が応じた。

幕府領は基本四公六民である。だが五公五民でもおかしくはなかった。通常の大名領なら五公五民、酷いところだと六公四民もある。お手伝い普請や、なにか不意の出費があったときなど、七公三民までいくこともあるのだ。それに比せば、山科の年貢は無理のないものであった。

「では、なにが厳しい」

「賦役が……」

「人か」

百姓の言葉に、霜月は食いついた。

「京のお屋敷へ、娘を差し出さねばならず」

「いつまでだ」

賦役に無期限はありえない。霜月が問うた。

「三年の間でございやす」

「……三年か。咎め立てるには弱いか」

賦役は年度ごとに課されるものである。一年に何日の間、何人出せと言うのが普通であった。年度をまたいでというのもないわけではないが、珍しい。それが足かけ四年になるのは異例であった。

「給金は出ぬよな」

「へい」

霜月の確認に、百姓が首肯した。

賦役は税である。給金が出るはずはなかった。

「他にはなにかあるか」

「一人あたりの金が」

念を押された百姓が小さな声で言った。

「人頭税……毎年なのか」

「三年に一度くらいでございまする」

百姓が告げた。

「そうか。ご苦労だった。もう、よいぞ」

言いながら霜月は、用意していた小粒金を百姓に渡した。

「これは……」

小粒金は大きさによって価値が違う。とはいえ、最低でも数百文には値した。

「気にするな。賦役に出ている娘の小遣いにでもしてやれ」

言い残して、霜月はふたたび藪へと身を躍らせた。

二

京都所司代戸田因幡守は、送られてきた手紙を握りつぶしていた。

「失敗しただけでなく、追い討ちもできなかったのか」

戸田因幡守が不手際を怒った。

「国元への加勢要求も無断でしおって……これで巡検使を仕留められなかったら、ただではすまさぬ」

いらだちを戸田因幡守は隠さなかった。

「殿」

襖の向こうから用人の声がした。

「なんだ」

戸田因幡守が厳しい口調で問うた。

「松波雅楽頭(まつなみうたのかみ)さまがお見えでございまする」

「……松波雅楽頭だと。二条家諸大夫のか」

戸田因幡守が確認した。

「さようでございまする」

用人が首肯した。

「わかった。客間へお通しせよ」

戸田因幡守が述べた。

諸大夫とは、五摂家や宮家などの高級公家に仕える者である。武家の用人あるいは家老のような役割でありながら、その辺の大名が及びもつかない従四位という位を持っていた。幕府で従四位といえば、就任と同時に侍従になる老中か、百万石の前田、薩摩の島津など極一部の名門大名だけであった。

「お待たせをいたした」

客間に入った戸田因幡守は、松波雅楽頭資邑(すけむら)に頭を下げた。

「いやいや、忙しいときに不意に参上してすまんの」

松波雅楽頭が笑って手を振った。

「雅楽頭さまのおこしとあれば、いつでも」

戸田因幡守が愛想を言った。

「そうか、そうか」

官位が上ならば、態度がでかくても当然である。まして主君は五摂家である。わずか百石に満たない諸大夫が、七万七千石の京都所司代を下に見ていた。

「本日はどのような御用でございましょう」

　戸田因幡守が訊いた。

「そうやったな。つい、茶と菓子がうまいものやさかい」

　残った菓子に松波雅楽頭が目をやった。

「お帰りにお土産としてお包みいたしましょう」

「うれしいことを言うてくれる」

　松波雅楽頭が手を叩いて喜んだ。

「さて、話だがの」

　さっきまでの笑顔を一瞬にして松波雅楽頭が厳しいものに変えた。

「巡検使が来てるようじゃな」

「よくご存じで」

　戸田因幡守が感心した。

「色々麿にも耳はあるでな。で、その巡検使はなんしに来てるんや」

松波雅楽頭が尋ねた。

「公儀御領巡検使でございますゆえ、幕府領の巡回でございまする」

「ふうん。なんできたんや」

表向きの答えは気に入らなかったのか、松波雅楽頭が口調を変えた。

「将軍家お代替わりでございますゆえ」

「最近、出てないやろう、公儀御領巡検使は」

「………」

よく調べている松波雅楽頭に、戸田因幡守が黙った。

「黙るのは、まずいことがあるからやろ」

「そのようなことは決して……」

戸田因幡守が否定した。

「なあ、因幡守。そなた主殿頭の引きであったろう」

松波雅楽頭が述べた。

「うっ」

痛いところを突かれた戸田因幡守が詰まった。

「帰るわ」

不意に松波雅楽頭が立ちあがった。

「えっ」

予想外のことに戸田因幡守が呆然とした。

「お菓子は、屋形へ届けてんか」

言い残して松波雅楽頭が去っていった。

「なにをしに来たのだ」

戸田因幡守が困惑した。

「しかし、公家も注目している。巡検使の動きを監視しておかねばならぬようだ。片づけられればよいが、失敗したときの手当もせねばなるまい」

呟いた戸田因幡守が手を叩いた。

二条家の屋敷は、所司代から近い。五摂家の屋敷は御所近くにあった。

「戻りましてございまする」

「ご苦労やったの。で、どうやった」

二条大納言治孝が訊いた。

「都合悪そうな顔でございました」

松波雅楽頭が報告した。

「やっぱりか」

二条治孝が笑った。

「主殿頭の騒動はまだ終わってないようだの」

「…………」

告げる主君に松波雅楽頭は無言で低頭していた。

「おもしろくなりそうじゃの。所司代の動きから目を離すなよ」

「承知いたしております る」

松波雅楽頭が承諾した。

「ところで、公儀御領巡検使はいかがいたしましょう」

「我が家はなんぞまずいことがあるかえ」

二条治孝が問うた。

「叩けば埃が出ないとは申しませぬ。しかれどもさほどのことはございますまい」

「御台所の実家か」

「畏れ多いことながら」

苦笑する二条治孝に、松波雅楽頭が述べた。

二条治孝の妻は、徳川御三家の一つ水戸家の姫であった。

「御三家に繋がる当家に、幕府は手出しできますまい」

「越中守はきついと言うぞ」

二条治孝が懸念を口にした。

「越中守と水戸家は親しいと聞きましてございまする」

松平定信の白河養子を水戸家は反対しなかったが、推し進めなかった。代わりに松平定信の幕閣入りを支持している。また、水戸と白河は領地も近く、つきあいもあった。

「だとよいがの」

少しだけ二条治孝が表情を緩めた。

「一応、知行所には言いきかせておきやれ」

「はい」

松波雅楽頭が首を縦に振った。

「幕府からは一橋民部の大御所称号勅許を求めてきておる。そのときに巡検使を出すなど、いささか不審がある」

二条治孝が続けた。

「今、内々ながら主上が幕府へ閑院宮の太上天皇称号追認をお求めである。大御所称号と違い、こちらは太上天皇を贈するに儀式をせねばならぬ」

二条治孝が嘆息した。

朝廷は実を捨て名を取ることで、戦乱の世を生き抜いてきた。荘園を失い、特権を奪われはしたが、名誉だけは守り抜いた。

いつの世も新たな力は、下層から出る。公家に代わったのは、荘園の警固をしている武士であった。犬とさげすみ、人として扱わなかった武士に公家は力を奪われた。武という力をもった侍は、天下を手中にしたが、それを裏付けるだけの名分を持てなかった。簒奪者(さんだつしゃ)という汚名は、天下人にふさわしくない。なにより、名分がなければ、領地を所有する正統性が失われる。正統性がなければ、いつ他人に奪われても、取り返すだけの名分がない。

そこで武士は朝廷という権威を頼った。

朝廷に金を出して、何々の守や何々の介などの官位をもらった。乱世になったことでまったく有名無実となった官職だが、帝から命じられた形を取れば、正統になる。なにせ、天皇は我が国すべての頂点なのだ。天皇の命は勅といわれ、誰もが従わなければならない。逆らえば朝敵である。朝敵となれば、世間一統が敵になる。天皇などあっという間に襲い殺せる大名でさえ、それをしないのは、朝敵指定されるのが怖いからである。されたところでどうということはないといえばないが、天下万民が敵になる。いや、敵に追討の大儀を与えてしまう。

戦国では血縁など紙よりも薄い。朝敵の汚名を着た瞬間、四方が全部敵になる。なにせ、不意打ちしようが、焼き討ちをしかけようが非難されない。どころか、称賛される。それが朝敵征伐である。

朝廷を後ろ盾にする。それは己の身を守ることでもある。そう、武士たちは気づいた。いや、気づかされた。

この怖れを利用して朝廷は、武士たちを操った。

金を遣うことなく、兵を養うことなく、朝廷は守護の力を得た。その代わり、権威を維持しなければならなくなった。

朝廷の権威を世間に誇示しなければならない。平安のころから続いている慣例を続け、儀式を守り続けていかなければ、権威にひれ伏す武士たちを支配できない。

「今日から朕が帝である」

そう宣言するだけでは、誰もありがたがってくれない。

至高の位を継ぐにはそれだけの過程を経なければならないのだ。いろいろな儀式をおこない、ようやく高御座に着くことができる。

それには莫大な費用がかかった。あまりに乱世が激しくて、朝廷を保護するだけの余裕を持つ大名が居なかった時代には、儀式をするための費用がなく、即位できなかった天皇もいた。

だが、それを慣例とすることだけはできなかった。特例は一度か二度が限界であり、三度をこえると前例になってしまう。

朝廷自ら、その権威を軽くする。これは自殺行為であった。

乱世を終え、泰平の世となって長い徳川幕府の天下である。金がないからといって儀式をはぶくわけにはいかなかった。

「即位の礼とは違い、太上天皇称号の宣下だけならば、さほどの金はかからぬが……」

「その金がないと」

苦い声の主に、松波雅楽頭が応じた。

「帝が生活のため、御宸筆を湿されるほどではないが、朝廷の蔵に余裕はない。金が要るとなれば、幕府を頼らねばならぬのが実状じゃ」

悔しげに二条治孝が頬をゆがめた。戦国のころ、その日の灯りにも困窮した天皇は、自ら筆を取り、短冊に御歌を書き、それを売って費用の足しにしていた。

「本来ならば、朝廷から幕府へ通達するだけでいい太上天皇称号宣下が……幕府の許しを得ねばならぬなど、情けないかぎりである」

「大納言さま……」

松波雅楽頭が、主を気遣った。

「なれど、これが現実じゃ。征夷大将軍も帝の家臣、朝廷の任命がなければ、幕府は成りたたぬ。正論ではあるが、今の朝廷にそれを言うだけの力はない。徳川から征夷大将軍を取りあげるなど、夢のまた夢じゃ」

「……………」

憤慨する主君を、松波雅楽頭が見つめた。

「とはいえ……」

二条治孝が言葉を一度切った。

「幕府も揺らいでいる」

「はい」

松波雅楽頭が同意した。

「武士が弱くなったせいであろうな。やはり武士は戦場にあってこそじゃ。命を賭して、土地を奪い合う。これが武士の本質じゃ。それがどうだ。昨今の大名どもは、我ら公家のまねばかりしておる。刀を持たず、茶をたしなみ、軍学を学ばず、詩歌を紐解く。これで武士だとは言えまい」

「仰せのとおりでございまする」

松波雅楽頭がうなずいた。

「まったく愚かな連中じゃの。見てきたはずだ。我ら公家が衰退した歴史を」

二条治孝が口の端をゆがめた。

「見ておらぬのでございましょう」

松波雅楽頭も嘲笑を浮かべた。

「だろうな。少し歴史を紐解けば、公家がもとは血で血を争う戦いを生き抜いてきた者の末だとわかろうに」

「はい」

「我が祖大織冠藤原鎌足は、飛鳥板蓋宮において、蘇我入鹿を討って出世をした。その蘇我氏も栄誉を恣にする前、物部氏を河内に滅ぼしている。血で血を洗う。それが公家の起源であった」

言い出せば、天皇家もそうである。九州に起こったであろう国から、東征していろいろな国を滅ぼし、従え、天皇家の始祖は大和に本拠を置いた。

その後も天皇家は軍勢を東に出し、関東や奥羽を征討した。こうして天皇家が日本を統一した。

公家はそのとき、天皇に従った家臣、降伏した国人の末裔である。当然、血を身に浴びて勝ち残った者ばかりであった。

「ではなぜ、公家は落ちぶれたのか。それは戦いから逃げたからだ」

二条治孝が告げた。

「天下を取れば戦いがなくなる。いや、戦いたくなくなる。当然じゃ。戦いで百戦百勝はない。最後には勝利を収めるにしても、負けるときもある。そして負ければ命を失うのだ。誰だとて死にたくはない。いや、傷を負いたくもない。まして、我が子や孫に痛い思いなどさせたくもない。戦いがなくなるのはよいことである。誰も死なず、傷つかぬ。泰平ほどよいものはないからな」

「さようでございまする」

主君の発言に、松波雅楽頭が首肯した。

「戦いを忘れた者は弱い。襲われたときに抗う術を持たぬ。吾が身さえ守れぬ者は、敗者になるしかなく、敗者は勝者に従わざるをえない。これが公家の歴史じゃ。侍に負けて、幕府のお情けで生きている。朝廷の真実だ」

「おいたわしい……」

松波雅楽頭がうつむいた。

「だが、我らを力で押さえてきた幕府も弱くなっている。戦わぬからだ。最後の戦から二百年には満たぬとはいえ、もう戦場を知る者はおらぬ。どころか、戦場を経験した者から話を聞かされた者さえもおるまい」

「まことに」

「刀槍での戦いを忘れた武家は、今、政で戦っておる。執政同士が足を引っ張り、将軍は飾り物になった」

「十代将軍家治と田沼主殿頭、十一代将軍家斉と松平越中守でございますな」

「そうよ」

　家臣の言葉を二条治孝が認めた。

「掲げる旗は三つ葉葵（あおい）であることに変わりない。でありながら、なかで争い、松平越中守は田沼主殿頭を排除した。恨み重なるからであろうが、あそこまでするべきではない。田沼主殿頭はしかたないが、他の者は寛大に許さねばならぬ。それを松平越中守はできぬ。己が思うままに幕政を壟断し、田沼主殿頭に与（くみ）した者を排除し続けている。今度は己が恨みを買うというにの」

「では、京都所司代を……」

「それもあろう。京都所司代は、田沼主殿頭の引きでここまで来た。幸い、江戸にいなかったお陰で見逃されていたが、次の老中という声がかかる地位に敵をおいていくわけにはいかぬと、その粗を探すために巡検使を出したのはたしかだ」

二条治孝が首を縦に振った。

「では、他にも目的が……」

「巡検使の仕事は目付ではない。京都所司代の失策を見つけるのは、もののついでと考えるべきだ」

「主たる目的はなんでございましょう」

松波雅楽頭が訊いた。

「松平越中守の眼目は、我ら公家の支配であろう」

「公家を支配……」

「ああ。徳川家康がなしえなかった朝廷の支配」

「家康公がなしえなかったと仰せられますと」

二条治孝の発言に、松波雅楽頭が首をかしげた。

「血を混ぜようとしたのだ、家康は。決して侵すべからずの皇統に、出自さえ怪しい徳川ごときの血を入れようなどと」

二条治孝が憤った。

「明正天皇さまのことでございましたか」

松波雅楽頭が気づいた。

明正天皇は、第百九代の天皇である。歴代天皇のなかでもっとも豪儀とうたわれた後水尾天皇の皇女であった。朝廷と徳川家を強固に結びつけようとした家康が、後水尾天皇の女御として入内させた孫の和子が産んだ内親王であった。

幕府の横槍と後水尾天皇の思惑で、他の皇子たちをさしおいて践祚したが、十四年の在位ながら、二十一歳の若さで譲位した。

「明正天皇は称徳天皇以来、じつに八百八十年振りの女帝としてあられた」

「他に皇子がおられるのに女帝が……」

松波雅楽頭が驚いた。

「ああ。女帝は皇統に即位されるべき男子がないとき、臨時で立たれるもの」

「はい」

「つまり明正帝は無理矢理だった」

二条治孝が述べた。

「幕府が押しこんだ……」

天皇に対してはふさわしくない表現を思わず松波雅楽頭が口にした。

「対外ではそう見えよう。だが、事実は違う。明正天皇を即位なされたは、後水尾天皇である」

「えっ」

松波雅楽頭が絶句した。

「徳川の血を引く子供に皇統を譲るなど、なにごとだと思うであろう」

「ご無礼を承知の上で申しまするが」

念を押された松波雅楽頭が肯定した。

「幕府に朝廷が屈した。そうも見えるだろう」

「言いにくうございますが」

「じつはこれが後水尾天皇の御策であった」

「御策……」

笑いを浮かべた二条治孝に、松波雅楽頭が問うた。

「うむ。わかるであろう。女帝は不婚である」

そこまで言われれば松波雅楽頭が気づいた。

「あっ」

「そうだ。もし、明正帝がただの内親王であり、どこぞの宮家にでも嫁入れば、男子を産んだかも知れぬ。そうなれば幕府が黙ってはおるまい。それこそ、どのようにしてもそのお方を即位させ、また徳川の血を含む女を押しつけ……」

「代々皇統を簒奪しようと」

松波雅楽頭が憤った。

「しかし、そうはならなかった。一度でも皇位についた女帝は生涯純潔を守らなければならぬ。これは不文律じゃ。明正帝を生み出すことで、それ以降徳川の血が皇室に拡がることを後水尾天皇は防がれた」

「まさに賢帝」

松波雅楽頭が称賛した。

「ああ。後水尾天皇の英断で、皇統は汚されずにすんだ。つまり、最初の戦いは、幕府の敗北で終わった」

二条治孝が告げた。

「その後幕府は朝廷を放置していた。血を入れるより、金で縛ったほうがよいと考えたのだろう。そして、それは正しい。多くの公家が、帝よりも幕府の顔色を窺うようになってしまった。麿を含めての」

「大納言さま……」

自嘲する二条治孝を松波雅楽頭がなんともいえない顔をして見た。

二条治孝は水戸家からの姫を正室として迎えざるを得なかったことを悔やんでいた。

「では、なぜ今さら松平越中守は、朝廷に手出しを」

松波雅楽頭が疑問を呈した。

「田沼主殿頭の揺り返しであろう。田沼主殿頭は、政を見事に御して見せた。ただ身分が低すぎたために反発を買い、松平越中守の前に敗北を喫した」

二条治孝が淡々と言った。

「恨みを晴らし、天下の政を手にした松平越中守だが、その評判は芳しくない」

「はい。ただ倹約をいい、綱紀粛正すれば幕府の金蔵は満ちると信じているとか」

揶揄を含んだ声で松波雅楽頭が付け加えた。

「聞けば、田沼主殿頭のことを懐かしむ者どもも出てきているという」

「商人どもはそうでございましょう」

倹約を政の看板にされてしまうと、商人はやっていけなくなる。

「商人だけではない。ものが売れなければ作らなくなる。職人も仕事を失う」

「では……」

「江戸の城下での評判は最悪であろうな、松平越中守の」

二条治孝が断じた。

「されど松平越中守が老中首座だ。老中首座は天下の舵取り。方向をまちがえたとは決して口にできぬ。突き進むしかない。船が進むには、風がいる。松平越中守を後押しする風がな。その風として選ばれたのが……」

わざと最後まで二条治孝は言わなかった。

「朝廷……そのための巡検使」、

「おそらくの」

二条治孝が述べた。

三

霜月と合流した鷹矢は、無駄ともいうしかない巡検を続けていた。

「どこも判で押したように、満足している、だな」

訪れる村、どこも同じ答えであった。

「見事と褒めるべきでございましょう」

津川も苦笑していた。

「どうする」

鷹矢は徒労の日々に疲れていた。

「もう少しご辛抱を」

霜月がなだめた。

「いつまでだ」

思わず鷹矢はきつい口調になった。

「馬鹿どもが尻尾を出すまで」

霜月が答えた。

「馬鹿ども……浜名湖の残党か」

「いかにも」

言う鷹矢に霜月が首肯した。

「なんとしてでも、今度は後ろに誰がおるのかを確かめねばなりませぬ」

津川も同意していた。

「来るのか」

「参りましょう。そのまま騎乗をお続け下さいますよう。昨日くらいから、同じ男がずっとついてきておりまする」

「なんだと」

鷹矢が驚いた。

「お平らに。気づかれてはまずうございまする」

「あ、ああ」

霜月にたしなめられて、鷹矢はうなずいた。

「今度はすべてを討たれませぬよう」

「生きて捕らえよということだな」

「そうしていただきたく」

津川が述べた。

「喋るか。主君を売ることになるぞ」

「その辺りは、我らにお任せあれ」

霜月が胸を叩いた。

「来たようだ」

騎乗で高い位置にいた鷹矢が、少し先の辻に五名の侍がたむろしているのを見つけた。

「背中もふさがれたようで」

津川が告げた。

「挟み討ちか。少しは考えたな」

霜月が笑った。

「弓はないな」

馬から降りしなに、鷹矢は確認していた。

「鉄炮がございますぞ」

後ろを見ていた津川が緊張した声を出した。

「学んだか」

鷹矢も警戒した。

鉄炮は弓矢と随分と違った。目に見えない弾丸は、弓矢のように刀で払うことはできなかった。

「鉄炮の必中距離はどのていどだ」

泰平の世である。弓矢の実射はまだしも、厳重に発砲を制限されている鉄炮を見ることはない。

「射手の腕にもよりますが、必中を期するならば、五十間（約九十メートル）ほどでございましょう」

津川が告げた。

「間に身を隠すところはないぞ」

弾（たま）が見えない鉄炮の相手はさすがにしたくない。鷹矢はどうするかを二人に訊いた。

「一発撃たせてしまえば、鉄炮を制するのは容易なのでございますが」

鉄炮は一発ごとに銃身を清掃し、火薬を注ぎ、そこに弾を置き、上から突き固めなければ発射できない。火薬と弾を一つに合わせた早合を使っても、手間がかかる。

息を数回できるほどの間があれば、十分に接近できた。

「ここに連れてくるくらいならば、腕は立ちましょう」

津川が不安を増やした。

「となれば、鉄炮から片づけるというのはよろしくないな」

「はい」

霜月がうなずいた。

「東城どの、鉄炮が構えを」

焦った声を津川が出した。

「……おう」

振り向いた鷹矢は、折り敷きの体勢に入った鉄炮の射手を見た。

鉄炮は火薬を爆発させて、その勢いで弾を撃ち出す。威力は鎧武者を易々と貫くが、その反動は大きい。しっかりと腰を据えなければ、まずあたらない。鉄炮は基本、腰を落として片足を前へ伸ばし、もう片方を曲げて、曲げたほうの踵に体重をかけるような姿勢で撃つ。

きっちりとした姿勢を取れば、立射に比して、命中率は跳ね上がる。

「すまん」

鷹矢は手綱を握っていた馬を後ろへ向けさせ、詫びながらその尻を強く叩いた。

馬が驚いて、駆け出した。折り敷きに入った鉄炮射手へ向かって馬が迫った。

「なるほど」

「お見事」

霜月と津川が賛した。

軍馬ほどではないとはいえ、馬体は大きい。それが真っ正面から来ているのだ。射手は鷹矢を狙うどころではなくなった。

「くそっ」

あわてて射手が道をそれて、馬を避けた。

「突っこむぞ」

「おう」

「………」

その隙に鷹矢は太刀を抜いて前へと走った。二人の徒目付が従った。

「お先でござる」

あと十間（約十八メートル）ほどで敵と接触するところで、津川が出た。

「続きまする」

霜月も足に力を入れた。

「遅れてはならじ」

鷹矢も追った。

多人数と少人数の戦いで、もっとも肝要なことは囲まれないようにすることであった。三人がばらばらに突っこんでは、各個撃破されるのが落ちである。鷹矢も勢いを増した。

「構えよ」

「ここで仕留めるぞ」

迎え撃つ五人が、互いの刃が邪魔にならないようにと散った。

「右から参る」

「ならば拙者は左から」

霜月が右手に散った二人へ、津川が左手の二人へと襲いかかった。

「では、真ん中を破る」

鷹矢はそのまままっすぐ突っこんだ。

「馬鹿が。槍に勝てるとでも」

真ん中の敵が手にしていた短槍をしごいた。

短槍は三尺（約九十センチメートル）ほどの柄に穂先が付いている。普通の槍に比べて、間合いは短いが、それでも太刀よりは長い。それでいて長槍よりもはるかに取り回しが利く。室内とか長柄ものが使いにくいところでは、無敵に近かった。

「喰らえっ」

間合いが一間半（約二・七メートル）になったところで、敵が短槍を突きだした。

「遠いわ」

鷹矢は太刀で穂先を弾きあげた。近づかれては槍の有利がなくなる。遠めで相手を倒すのが槍の手だてである。ましてや初めての実戦で気がうわずっていては、どうしても早めに出してしまう。

石突き近くを持って突きだした槍は、重心が後ろにあり穂先が軽くなる。その先を強く上にたたき上げられたのだ。槍が天を突くような形になった。

「わっ」

あわてて槍持ちの敵が体勢を整えようとしたが、すでに鷹矢は槍の間合いのなかへと入りこんでいた。

「くそっ」

敵が槍を振って、鷹矢の右腹を打ち据えようとした。

「なんの」

読んでいた鷹矢は、太刀で斬りつけた。槍の柄がなかほどで断ち切れた。

「うおう」

戦いの最中に得物(えもの)を失う、致命傷であった。

真剣での争いに慣れている者ならば、役に立たなくなった槍を捨て、すぐに太刀に手を掛けただろうが、混乱するだけであった。

「ぬん」

鷹矢は槍の柄を斬って、下を向いた太刀を手首で返し、そのまま斬り上げた。

「ひくっ」

下腹部を裂かれた敵が泣きそうな顔をした。

「恨んでよい」

腹では即死にならない。敵は生きている限り脅威である。鷹矢は冷たくそう言うと、太刀で喉を突いた。

「かふっ」

息を吐くようにして、槍持ちの敵が死んだ。

「次……」

鷹矢は周囲を見た。

「あいつ」

霜月を背後から狙っている敵を鷹矢は目した。

「しゃあ」

鷹矢は背中から斬りつけた。

真剣勝負に卑怯はない。生き残った者が正義である。

「くあああ」

宙を摑むようにして敵が倒れた。

「もう一人か」

鷹矢は津川のほうに目をやった。

「ぐえええ」

津川と戦っていた敵が一人崩れた。

「こちらは大丈夫でござる」

津川が鷹矢に告げた。

「おう」

うなずきを返して、鷹矢は振り返った。

馬のお陰で、後ろの三人の陣形は乱れていた。とはいえ、いつまでも馬がそこにいてくれるわけではない。すでに馬は遠くに去り、鉄炮の射手を含めた三人が駆け寄ってきていた。

敵味方入り乱れての戦いになっている。こうなれば同士討ちを気にして、鉄炮はよほど近づかない限り使えない。

「鉄炮を」

霜月が叫んだ。

「わかった」

鷹矢は脇差を抜くなり投げつけた。

「くそっ」

胸元目がけてきた脇差を射手は鉄炮で払った。

「もらった」

銃口が横を向いた体勢の乱れを、鷹矢は見逃さず、駆け寄った。

鉄炮は重い。脇差を打ち払うために思い切り横に振ったため、腕が引きずられていた。

「近づくな。わあ、わああ」

重要な武器である鉄炮を捨てられなかったことが、射手を殺した。あわてて鉄炮を引き戻して、引き金を引いたが、狙いを定めてさえいない。轟音は響いても弾は大きく外れた。

「当たらなければ、意味はない」

鷹矢の太刀が射手の顔から胸までを裂いた。

「こやつ」

「よくも綾川を」

残った二人が憤慨した。

「刺客がなにを言うか。人を襲うかぎり、殺されるとの考えもあるはずだ。まさか、己は無事ですむと思いこんでいたのではあるまいな」

鷹矢はあきれた顔をした。

「なにを……」

「黙って死ね」

二人が顔色を変えた。

息を合わせることもなく、二人が斬りかかってきた。

「甘い」

よほど訓練を重ねないと同時に太刀を振り下ろすことはできなかった。

修練の数、腕の長さ、背の高さ、使っている太刀の刃渡りなど、すべてが一致することはない。ただでさえ、差違を生み出す要素は多いのだ。そこに真剣での緊張が加われば、かなり遅速が生まれてしまう。

鷹矢はわずかな遅速をしっかりと見ていた。

「ぬん」

一拍だけ早い一撃を峰で跳ね、少し遅く落とされた一刀を受け止めた。

「うわっ」

「この」

弾かれた敵が驚きの声を出し、受け止められた敵が顔色を変えた。

「ほれ」

二人相手で鍔迫り合いに持ちこまれてはまずい。鷹矢は受け止めた敵の腹を蹴り飛ばした。

「ぐはっ」

胃のなかのものを撒きながら、敵が吹き飛んだ。

「えいやああ」

残った一人が、体勢を整え、斬りこんできた。

「おう」

鷹矢は太刀を合わせた。

火花が散って、鷹矢の太刀が敵の刃を滑った。

「わっ……」

飛び散る火花は、刃の欠けたものである。その破片を浴びながら、二人は火花を間に挟んで対峙した。

「このお」

「むう」

鍔迫り合いが始まった。

互いの刃をぶつけ合う鍔迫り合いは、一瞬で勝負が決まりかねない。力負けするか、相手にいなされて体勢を崩したならば、その瞬間に死が訪れる。

気を抜くことはできなかった。

「江古田(えこだ)、やれ」

鍔迫り合いの相手が、鷹矢に蹴り飛ばされた男に声をかけた。

「あ、ああ」

腹を思い切り蹴られた男が、よろめきながら立ちあがった。

「ちっ」

鷹矢は舌打ちをした。鍔迫り合いの最中を背中から襲われれば、どうしようもない。

「さっさとしろ」

まだ足腰の定まらない江古田を鍔迫り合いの相手が怒鳴りつけた。

「わかった」

太刀を握りなおして、江古田が近づいてきた。

「一撃で仕留めろ」

言って鍔迫り合いの相手が一層体重をかけてきた。鷹矢を逃がさないようにするためであった。

「つうう」

鷹矢は焦った。江古田が太刀を撃ってくる前に、なんとかして鍔迫り合いから脱しなければならなかった。だが、力の拮抗を崩すのは難しく、無理はかえって不利になりかねなかった。

「くたばれ」

よろめきながらも江古田が、鷹矢に向かって太刀を振りかぶった。

「……石田」

江古田の背中から胸へと切っ先が生えた。仲間の名前を最後に、江古田が絶命した。

「そうはさせぬ」

駆け寄った霜月が、江古田の背後から突きを撃った。

「霜月」

鷹矢は安堵の声を出した。

「江古田……くそおお」

鍔迫り合いの相手が勝ち誇った顔から苦渋の表情へと変わった。

「お待たせをいたした」

霜月が江古田の身体から刀を抜いた。

「助かった。おっと」

ほっとしたことで力が抜け、あやうく鍔迫り合いに競り負けそうになった。鷹矢は急いで気を引き締めた。

「東城どの」

そこへ津川も加わった。

「な、なんだ」

鍔迫り合いの相手が困惑した。

「そやつは討ち取っていただいて結構でござる」

霜月が太刀を構えながら牽制した。

「どういう……」

鍔迫り合いしていた侍が、怪訝な顔をした。

「あちらに一人押さえておる。あやつを尋問すれば、おまえたちがどこの者かわかろう」

霜月が後ろを振り向いた。

「……山岡」

倒れている同僚の名前を、鍔迫り合いしている侍が口にした。

「自害されては面倒なのでな。下緒で縛ってある。もちろん、口に手ぬぐいも突っこんだ。なに、さしたる苦労ではなかったぞ。たいして腕も立たなかったしの」

霜月が嘲笑を浮かべて説明した。

「おのれ」

侍が憤慨した。

「数だけでなく、鉄炮まで持ち出して、誰一人傷つけることなく負ける。情けないことよ。さぞや、主君も嘆いておられよう」

津川も追い打った。

「くうううう」

顔を真っ赤にして侍が唸った。

怒りは身体に余分な力を入れる。怒ることで常以上の膂力を出せるときもあるが、それは無我夢中の境地に入ってこそであり、頭に血が上ってしまえば、肩が硬くなるだけである。

腕は肩に付いている。そして剣は腕に縛られている。怒りは、剣先を固くするだけであった。

「……ふっ」

関節を固めてしまえば、柔らかく相手の力を受け流せなくなる。鷹矢は相手の力をといなした。

「あわっわ」

不意に押していた壁がなくなった侍が、己の体重を支えきれず、大きく体勢を崩した。

「えいっ」

左に身体を開いた鷹矢は、目の前を過ぎていく侍の背中へ、渾身の一撃を送った。

「ぐえ……はふっ」

背中を割られた瞬間絶叫した侍だったが、鷹矢の刀が肺腑を貫いたとたん、声ではなく息を漏らすようになり、そのまま前へと転んだ。

「……きつい」

鷹矢は刀の柄から苦労して右手を離し、大きく振った。

「力を入れすぎた」

「顔色が悪うございますぞ」

言いわけする鷹矢に霜月が指摘した。

「二度目で余裕ができた証しでございましょう」

津川が述べた。

「なんのことだ」

今度は左手をほぐしながら、鷹矢は問うた。

「浜名湖のときは、初めてで必死になり、人の命を奪ったというより、己が助かったとの思いが強かった。実感がわかなかった」

「二度目は、我らだけで片が付いた」

霜月に津川が続けた。

「そして三度目、真剣勝負を経験し、なまじ余裕ができてしまった」

「なにが言いたい」

語る霜月に、鷹矢は目つきを厳しくした。

「お吐きになられよ」

返答せずに、霜月が述べた。

「うっ」

鷹矢は詰まった。

「人の命を奪った重さがのしかかってきたのでござろう」

「手に肉を斬り、骨を割った感触が残ってござろう」

「ううっ」

あらためて言われた鷹矢はたじろいだ。

「誰もが通る道でござる。少しは楽になりましょう」

霜月の勧めに、鷹矢は辛抱できなくなった。

少しだけ道を離れると、鷹矢は胃のなかのものをすべて出す勢いで吐いた。

「………」

「ふうむ」

鷹矢の様子を二人が見守った。

「わめき出さぬだけましでござるな」

「いや、思ったよりも落ち着いておられる。当たりかも知れぬな、あの御仁は。まあ、最後は越中守さまのご判断になるが……」

津川と霜月が語り合った。

「……恥ずかしいまねをした」

手ぬぐいで口の端を拭きながら鷹矢は頭を下げた。

「いえ」

霜月が首を左右に振った。

「おぬしたちはだいじないのか」

平然としている二人に鷹矢は驚いていた。

「徒目付は汚れ仕事でござれば」

淡々と霜月が答えた。

「汚れ仕事……」

「お目付さまにさせられぬこともございまする」

津川が告げた。

目付は旗本のなかの旗本と称賛される。厳格で武芸に長け、法に通じていなければならず、さらにどのような権にも屈しない強い心が求められる。だけに、目付を経験した者は、その後の出世も約束される。遠国奉行から勘定奉行、町奉行へと進む者、書院番頭や小姓番頭を経てお側御用取次へと立身していく者など、旗本としての栄達を重ねていく。

「ご経歴に傷を付けるわけには参りませぬから」

それ以上霜月は口にしなかったが、どういう意味かは鷹矢にもわかった。

目付が裁けない相手や、十分証拠がなく見逃さねばならない者などを徒目付が片づけていると暗に霜月は告げていた。

「水で口を漱（すす）がれ……」

そこまで言った津川が、緊張した。

「………」

霜月も周囲に注意を払い出した。

「どうした」

わけのわからない鷹矢は戸惑った。

「……あっ」

津川が小さく声をあげた。

「どうした……」

霜月が津川の見ているところへ目をやった。

「ちっ……やられたわ」

霜月が悔やんだ。

「……死んでいる」

二人の目の先を見た鷹矢は、絶句した。

縛られていた山岡の胸に小さな刃物が突き刺さっていた。

「我ら二人に気づかせず……」

霜月の顔色が白くなった。

「………」

津川の頬も引きつっていた。

「甘く見すぎたか」

難しい顔で霜月が言った。

「これ以上は……」

「無理だな」

二人の徒目付が顔を見合わせた。

「どうするのだ」

鷹矢はまさに死屍累々（ししるいるい）といった惨状に、眉をひそめながら問うた。

「所司代に向かいましょう」

霜月が提案した。

「所司代だと」

「さようでございまする。所司代に庇護を求めまする」

「………」

鷹矢は当初と随分話が変わったことに戸惑った。

「敵がここまでしてくるとは思いもよりませなんだ。このまま巡検を続けたところで、成果は見込めませぬ。それより、襲われたという事実を利用すべきと勘案いたしまする」

「公儀御領巡検使を襲ったことを弱みとして使うか」

「はい」

確認する鷹矢に、霜月が首肯した。

「京都所司代は、越中守さまの敵でござるが、巡検使から正式な庇護を要求されれば、守り抜くしかございませぬ。もし、我らに何かあれば……」

「所司代どのの落ち度になるか……」

鷹矢は翻弄されただけだった巡検の終わりに、小さく嘆息した。

第五章　巡検の裏

一

京都所司代は御所の南西、二条城の真北にある。政務を執る役屋敷と、所司代に任じられた譜代大名が在する公邸の二つが、筋を挟んで隣り合っていた。

「公儀御領巡検使、東城典膳正である。所司代どのにお取り次ぎ願いたい」

山科（やましな）から駆けた鷹矢は、日が落ちる前に、所司代役屋敷へと着いた。

「御公儀御領巡検使さま……しばし、お待ちを」

所司代役屋敷付きの門番が慌ててなかへ入っていった。

「お待たせをいたしましてございまする。玄関で所司代与力がお迎えをいたしまする」

門番が戻ってきて、一礼した。

「ご苦労であった」

門番をねぎらって、鷹矢たちはなかへ入った。

「所司代がお待ちしておりまする」

玄関式台で膝をついていた与力が、先導のために立ちあがった。

「うむ」

大仰にうなずいて、鷹矢はその後に従った。

京都所司代戸田因幡守は鷹矢の訪れを聞く前に、襲撃が失敗したとの報告を受けていた。

「…………」

報告に来た足軽目付を前に、戸田因幡守が瞑目（めいもく）した。

「そこまで使いものにならぬとは……」

大きく戸田因幡守が嘆息した。

「役立たずどもに禄を何十年も払い続けてきたのか。死した者どもの家督は認めぬ」

「恐れながら」

腹立たしげに言った主君に、足軽目付が口を挟んだ。

「なんだ」

憤懣おさまらぬ声で、戸田因幡守が足軽目付を睨んだ。

「藩命で命を落とした者を切り捨てては、家中に動揺が走りまする」

「それがどうした」

戸田因幡守が気にしないと言った。

「次に困りましょう」

「むっ」

足軽目付の進言に、戸田因幡守が唸った。

「今後、殿が出世なさっていく途中には色々と……」

最後まで足軽目付は口にしなかった。

足軽目付は、その名のとおり足軽身分の目付である。目付のなかでは最下級に属し、横目付、下目付の手足となって働く。足軽、小者への監察権を持つが、そのほとんどは命を受けての下調べや罪人取り押さえの捕り方である。ために、足軽身分のなかでも武芸に優れた者、身の軽い者が選ばれた。

「……国崎」

少し考えた戸田因幡守が、足軽目付をじっと見た。

「そなたなら倒せるか」

戸田因幡守が問うた。

「一人でよろしければ」

国崎と呼ばれた足軽目付が答えた。

「三人同時は無理か、そなたでも」

「申しわけなき仕儀ではございますが、三人ともに手練れ。相討ちを覚悟しても一人は難しいかと」

すがるような主君に、国崎が首を左右に振った。

「何人いればよい」

「わたくしていどでも、四名は」

「四名か……」

言われた戸田因幡守が苦い顔をした。

「四人も出せば、家中の引き締めがならぬ」

「…………」

答える身分ではないと国崎が沈黙した。

「所司代さま、表に公儀御領巡検使さまがお出でてでございまする」

そこへ、鷹矢たちが来た。

「なにっ」

戸田因幡守が驚いた。

「所司代さま……」

取り次いだ与力が、戸田因幡守の様子に怪訝な顔をした。

「いや、なんでもないわ。就任のご挨拶であろう。客間にお通ししてくれい」

手を振って戸田因幡守が取り繕った。

「はっ」

与力が下がった。

「何しに来た」

挨拶ならば、最初に来る。それが巡検の途中で顔を出した。戸田因幡守が首をかしげた。

「襲撃の取り調べを求めてではございませぬか」

国崎が述べた。

「生き残りはおらぬな」

「始末はいたしておりまする」

確認された国崎がはっきりと首肯した。

「ならば、儂とはわかるまい。とはいえ、念のためじゃ。隣室でそなたも控えておけ」

「御命とあらば」

国崎が手をついた。

かつて松波雅楽頭の相手をしたのと同じ客間に、鷹矢を通した戸田因幡守が、少し遅れて顔を出した。

「御用繁多で、お待たせをいたした」

「いえ。前触れもなしの訪問をお詫びいたしまする」

使番には礼儀も求められる。ていねいに鷹矢は詫びた。

「公儀御領巡検使のお役目、ご苦労である」

身分からいけば、戸田因幡守が上になった。

「過ぎたるお役目ではございますが、身命を賭して務めておりまする」

「お役目はすべからく、そうでなければならぬ。で、今日はどうしたのだ。なにか、手配でも入りようかの」

戸田因幡守が用件を問うた。

「これを。津川」

後ろに控えていた津川に、鷹矢は合図した。

「はっ」

膝行しながら近づいた津川が、鷹矢の前に鉄炮を置いた。

「それは……」

戸田因幡守の額(ひたい)に小さく血管が浮いた。

「巡検使が鉄炮を持つとは、おだやかではないの」

「わたくしのものではございませぬ。さきほど……」

鷹矢が経緯を語った。

「……疑うわけではないが、そのような話、信じられぬ。浜名湖のことは儂の管轄外ゆえ、なにも言わぬが、山科は京都所司代の支配地である。そこで公儀御領巡検使を襲うような輩が出るなど」

戸田因幡守が首を横に振った。

「証拠がその鉄炮でござる。さらに今回の連中の死体を近くの村に預けております る」

「……誰ぞ」

鷹矢に言われた戸田因幡守が、声をあげた。

「お呼びでございまするか」

先ほどの所司代与力が顔を出した。

「調べに行って参れ。遺体も引き取って来るように」

戸田因幡守が指示した。

「ただちに」

与力が小走りに去っていった。

「因幡守どの」

公儀御領巡検使である間は、将軍代理になる。身分の差を鷹矢は無視できた。

「なんでござろう」

戸田因幡守が先を促した。

「このような有様では、巡検ができませぬ」

「それはお役目を放棄すると」

鷹矢の言葉尻を戸田因幡守が取った。役目を放棄するなど、許されるはずもなかった。

「……………」

わざと鷹矢は黙った。

「いかがでござろう。京で十日ほど過ごされては」

「……なるほど。所司代どののお心遣いはありがたいが、ちと相談をいたしてよろしいか」

鷹矢は随行員との打ち合わせを求めた。

「かまわぬとも」

戸田因幡守が認めた。

「では、しばし、控えに」

鷹矢が襖で隔てられるようになっている控えの間へと向かい、座していた霜月、津川と合流した。

「よくぞ、即答なされなかった」

霜月が称賛した。

「十日ほど遊べと言われて、はいそうですかとうなずけるわけなかろうが」

鷹矢が霜月を睨んだ。

「ふざけているわけでも、東城どのを軽く見ているわけでもございませぬ」

霜月が否定した。

「正使たる東城どのが、従われると我らも京に縛られまする」

「やはりそうか」

鷹矢が小さくうなずいた。

「所司代が仕事の手を抜けなどと言うはずはない」

「たしかに」

津川がうつむいて笑いを隠した。

「東城どのを若いと侮ったのでしょうがねえ」

「命がかかっているのだ。そうそう思い通りにされてはたまらぬわ」

鷹矢が言った。

「それに所司代どのが、敵ではないという保証もない」

「さよう」

霜月が同意した。

「朝廷にも禁裏侍というのは、おりまするが……鉄炮衆はございませぬ」

「それに浜松から合わせると十一人からの損害を出しておりまする。あるていど武術の腕が立つ者をそれだけ出せるのは、大名でもなければ難しゅうございましょう」

津川と霜月が告げた。

「どうする」

結論を鷹矢は求めた。

「策に乗るのも手ではございまするが……」

霜月が難しい口調で話した。

「弱みを握られる形になるかと」

津川が不利を告げた。

「なにより、十日というときを相手に与えるというのが……戸田因幡守が敵であっても、他の者であっても……少しでも早く状況を越中守さまにお報せするべきでございましょう」

霜月が結論を言った。

「それもそうだな。糊塗(こと)するよりも、明らかにしたほうが、越中守どのの怒りを買わずともすむ」

二人の徒目付は松平定信の配下だとわかっている。松平定信の敵に回るようなまねをすべきではないと鷹矢は判断していた。なにせ、隠せないのだ。

「それに越中守さまの目的もおおむね果たせたと考えてよろしかろう」

「………」

「いささか中途半端な気もいたしますが」

津川は黙り、霜月が応じた。

「これ以上はできまい」

「それは否定できませぬな」

「たしかに」

鷹矢の言いぶんに、二人が同意した。

「では、そのようにな」

鷹矢は戸田因幡守の前へと座り直した。

「いかがであるかの」

戸田因幡守が問うた。

「お申し出はまことにありがたいのでござるが、我らの役目は巡検。見聞きしたものをそのまま執政衆に伝えるのが役目でござる」

「怠慢として咎められてもよいと」

険しい顔で、戸田因幡守が確かめた。

「お咎めは甘んじて受けましょう。ですが、巡検使を鉄炮で撃つなど、謀叛も同じ。それをなかったことにするほうが、問題でございましょう」

鷹矢は述べた。

「ただ、このままでは、いささか帰途も不安でござる。お手数とは存ずるが、近江草津まででも警固をお付けいただきたく」

「警固を出せと」

「はい。所司代どのの支配地までお願いをいたしましょう」

鷹矢が首肯した。

「そこまででいいのか。我らの手が離れるなり、襲われるやも知れぬぞ」

「大事ございませぬ。草津以降は、大名家に領内での随行を頼みますゆえ」

「むっ」

大名家から人を出させると言った鷹矢に、戸田因幡守が嫌そうに頬をゆがめた。

「助力を求めるなど、巡検使の恥であろう」

「いいえ。巡検使が通過すると声をかけるだけで、依頼はいたしませぬ」

淡々と鷹矢は言い返した。

通ると言われれば、知らぬ顔はできなかった。それほど巡検使というものの権力は大きい。

「領内で担当とは違う巡検使であろうとも、なにかあれば……」

「……………」

鷹矢の話に、戸田因幡守が黙った。

「では、今宵の宿をお借りしたい」

「隣の屋敷を使うがいい。用人に話はしておく。ではの」

そう言って、戸田因幡守が客間を出ていった。

「お見事でございました」

霜月が賛した。

「堂々となさっておられましたな」

津川も褒めた。

「さて、あとは案内の者が来るのを待つだけだが……」

少し鷹矢は照れた。

「ごめんくださいませ」

声がかけられ、襖が開いた。

「用人の佐々木と申しまする。お座敷の用意ができますまで、こちらで夕餉を」

「夕餉……そういえば、腹がすいたな」

あらためて昼も食べていないことに気づいた鷹矢は空腹を強く感じた。

「どうぞ」

膳が三つ出された。

「いただこう」

鷹矢の合図で三人が箸を取った。

「……馳走であった」

ようやくまともな食事にありついた鷹矢は飯を五杯喰い、箸を置いた。霜月と津川もほぼ変わらないくらいの健啖（けんたん）振りを見せた。

「お粗末さまでございました」

ずっと側に用人の佐々木は付いていた。

「先ほど主から伺ったのでございますが、なにやらうろんな者の襲撃をお受けになったとか」

「ああ」

鷹矢はうなずいた。

「どのような者どもでございましたでしょうや。お聞かせいただきたく」

「……構わぬが、まもなく襲撃者たちの死体が届くのではないのか。そちらを見たほうが早いと思うぞ」

一瞬考えた鷹矢はそう述べた。

「死体はもちろん検案いたしまするが、直接話をなされたであろう皆さまがたから、事情をお聞かせ願いたく」

佐々木が願った。

「………」

ちらと鷹矢は霜月を見た。

「どのようなことをお話しいたせばよろしいかの」

霜月が代わって問うた。

「何でもけっこうでござる」

「では、とりとめもござらぬが……」

条件はないと言った佐々木に、霜月が話をした。

「なにか、その者どもから身許（みもと）がわかるような会話は」

「まったく」

念を押すような佐々木に、霜月が断言した。

「さようでございますか、残念な」

佐々木が小さく首を振った。

「そろそろよいかの。疲れておるのでな」

「これは気づかぬことをいたしました。どうぞ」

詫びた佐々木が、案内した。

二

翌朝、所司代の与力一人、同心四人に付き添われて、鷹矢たちは江戸へ帰途に就いた。

「行ったか」

「はい。いかがいたしましょう」

戸田因幡守と佐々木が話をしていた。

「放っておけ。死体は取りあげたのだろう」

「江戸まで持って行くわけにも参りますまい」

藩士たちの遺体は最大の証拠である。それを残していった鷹矢らを戸田因幡守たちは嘲笑した。

「鉄炮も取り戻した。これで余がかかわっていたという証しはなくなった」

「では、帰りを襲わずとも」

佐々木が確認するように問うた。

「余が手出しせずとも、越中がするだろう。あやつは情がない。命を狙われたからといって逃げてみろ。しっかり役立たずとして放逐するわ」

憎々しげに戸田因幡守が言った。

「では、これで巡検使のことは……」

「放念してよい」

戸田因幡守がうなずいた。

「それよりも、大御所称号についてはどうだ。なんとかして吾が手柄にしたい」

鷹矢たちのことをすませた戸田因幡守が佐々木に述べた。

「一橋民部卿の大御所称号勅許を吾が手でなしとげられれば、上様のお目にかならず留まる。さすれば、老中になれる。領地も宇都宮へ移されよう」

老中は天下の執政、将軍の代理である。いろいろな優遇がなされる慣例であり、江戸に近い要路に転封されることも多い。

「藩庫も満ちようぞ」

戸田因幡守が言った。

京都所司代は要職ながら、その権限があまりに狭いため、余得が少ない。大坂城代が大坂商人たちからの付け届けで、かなり裕福なのに対し、京都所司代の主たる相手である公家が貧しすぎ、金にはならなかった。

「格だけあがっても……」

従五位から四位にあがったところで禄は一石も増えないし、一両も入ってこない。ぎゃくにお礼をしなければならないだけ出費であった。

「たかりにきおるし」

戸田因幡守が一層額にしわを寄せた。

言わずと知れたことだが、公家は貧しい。公家には家格や官位でいろいろな決まりがあった。着られる衣服の形、色から始まり、牛車に乗れるか乗れないかなど、それこそ覚えきれないほどある。それが、わずかなことで変わる。官位が一つ上がった、役職が変わった、嫡男から当主になった、格上から嫁をもらった、帝から声を掛けられたなどなど、武家から見れば、なぜそのようなことでそこまで大きな変更が要るかと悩む。

当然、衣装を替えるには金が要る。まさか、官位に伴う昇殿の衣服を綿で作るわけにはいかない。幕府は今、松平定信の倹約令で、絹物を排除し、木綿や麻を推奨している。が、これは公家には適用されない。公家は絹を使い続けている。屋敷でくつろぐ衣服でさえ絹なのだ。当たり前だが、生成とはいかず、家格に応じた染めもする。見栄のためとはいえ、余分な出費であった。

だが、これは公家にとって必須であった。

公家は名前で生きている。先祖代々の血統を受け継ぐ名前が、唯一のよりどころであった。こればかりは、幕府から支給される禄で生活するようになろうとも変わらない。

どれだけ能力があろうが、五摂家に生まれなければ関白にはのぼれない。名人と呼ばれる剣術の腕を持とうとも、名家の格ならば近衛中将など武門の役目に就くことはできない。

これは決まりなのだ。太陽が西から昇ろうが、天下がふたたび戦乱にまみれようが、平安の御世から続いた法であった。

この法のお陰で公家は食べてきている。一つ前例をくずしてしまうと、千丈の堤も蟻の一穴のたとえがあるように、あっというまに崩れてしまう。そして、慣例が崩れた瞬間、公家は滅びる。

「要るもんは、要るさかいな」

公家は堂々とそう胸を張る。

とはいえ、禄は旗本ではなく御家人というしかないほど少ないのがほとんどである。とても見栄を張るだけの金はない。

そこで公家はたかりに来るのだ。

「所司代就任めでたいの」

最初大坂城代から京都所司代に異動した戸田因幡守のもとに祝いを持ってきたときから、たかりは始まっていた。

祝いだといっても金目のものを持ってくる者などいない。よくて先祖の書いた本や短冊、下手をすれば代々の家宝という名のがらくたや襤褸布(ぼろぬの)である。

「かたじけのうございまする」

役目柄公家との仲を良好な状態に保たなければならない所司代である。要らないとは言えないのだ。

そしてもらえばお返しをしなければならない。半額ていどのものを返すのが儀礼だが、なにせ値段がわからないのだ。

先祖の誰それが詠んだ歌を短冊にしたものだとか、伝来の宝物と言われる得体の知れないものなど、どう考えても値打ちはない。

「こんなもん、お引き取りはできまへん」

商家に見せても、誰一人欲しがらない。そんなものでも、返礼は要る。

「ほお。我が先祖の手蹟が、大納言まで務めた曾祖父の短冊が、このていどだと」

安く見積もれば、そう嫌みを言われる。無価値なものにでも、相当な値打ちを付けなければならない。京都所司代は、最初から金の出ていく役目であった。

「花見の誘いに、暑気払い、寒中見舞いと、どれだけ欲しがるのだ、こやつらは」

戸田因幡守が吐き捨てた。

「さっさと京から江戸へ戻らねば、借財がとんでもないことになる」

「はい」

佐々木も同意した。

戸田家は島原から宇都宮、河内や和泉と、因幡守の代だけで三回転封されている。

「御上よりお借りした五千両はまだ返せておらぬ」

島原から宇都宮へ移るとき、宇都宮城の修繕増築のための費用として五千両を幕府から戸田因幡守は借りていた。

寺社奉行から大坂城代、京都所司代と要路を渡り歩いているお陰で、催促はされていないが、老中になれなかったならば、すぐに返さなければならなくなる。

「京を去った巡検使のことなど、もうどうでもよいわ。なにも余の粗を見つけられなかったのだ。それよりも公家どもよ。のらりくらりと話を延ばすだけ延ばしおって」

戸田因幡守が頭を切り換えるべきだと言った。

「働け」

「はっ」

主君に命じられた佐々木が、平伏した。

草津で次郎右衛門と合流した鷹矢は、そのまま東海道を上った。状況が状況である。本陣へ前触れを出す余裕はない。なまじどこにいつ泊まるという情報を敵に与えるよりはましだと、進めるところまで行って、宿場で宿を探すという行き当たりばったりの形を選んだ。

「馬など不要」

問屋場も通過して、急いだ鷹矢たちは、京から江戸まで十日という速さで駆け抜けた。

「我らはここで」

品川の大木戸を潜ったところで、霜月と津川が別れていった。

「報告に向かったな」

二人が松平定信のもとへ走ったと鷹矢は見抜いていた。

「明日、身なりを整えてから登城する」

鷹矢は旅塵を落とすため、一度屋敷に戻った。

巡検使は若年寄の配下になる。

翌朝、五つ（午前八時ごろ）に登城した鷹矢は、使番の詰め所である菊の間に入ると、すぐにお城坊主をつかまえて、若年寄安藤対馬守への目通りを申しこんだ。

「お役目の報告である」

鷹矢は念を押した。

「……承知いたしました」

頼まれたお城坊主が一瞬嫌そうな顔をしたが、すぐに小走りに去っていった。

城中の雑用いっさいを請け負うお城坊主は身分も低く、薄禄である。ただ内証は下手な大名よりも裕福であった。

大名や旗本は城中に家来を連れていけない。茶を飲むにしても、厠に行くにしても雑用係であるお城坊主の手を借りなければなにもできない形になっている。

当然、手助けを求めれば、それなりの代償が要る。

お城坊主は大名、旗本からのお礼で裕福な生活をしていた。となれば、金をくれる人とくれない者とでは扱いが変わる。金払いの悪い大名や旗本の用は、どうしても後回しになったり、雑になる。酷ければ、忘れられる。

そう裕福でもない五百石の東城である。十分にお城坊主に付け届けをしているとは言えない。さすがに放置はされないだろうが、金払いの良い連中の後にされるなどは当たり前である。

ただし例外があった。御用である。役人から若年寄や老中などへの報告は、素早く滞りなくなされなければならない。

万一、謀叛などの情報が、遅れれば大変なことになる。もし、お城坊主の怠慢でそうなったならば、まちがいなく首が飛ぶ。

もともと城中のお城坊主は、戦国の戦陣坊主に由来する。古くは、戦いの前に、生け贄（にえ）として首を切られるのが役目だったのだ。さすがにそんな悪習慣は残っていないが、幕府では軽い命である。武士ではないので、切腹もない。

さすがにお城坊主も役目の報告だけは、すぐに対応した。

「安藤対馬守さまより、上の御用部屋の前で待てと」

戻ってきたお城坊主が告げた。

「かたじけなし。お近くにおいでの節は、屋敷へお寄りいただきたい」

役目とはいえ、お城坊主の機嫌を損ねるのはまずい。後日礼をすると鷹矢は述べた。

「どうぞ、ご案内いたしまする」

途端にお城坊主の機嫌がよくなった。

三

上の御用部屋の前は、入り側と呼ばれる畳廊下になっている。そこには、老中に面会を求める役人たちがすでにひな人形のように並んでいた。

「あれは勘定奉行どの、隣は普請奉行どのか。その次は江戸詰長崎奉行どのではないか」

まさに幕府の俊英たちが、老中との面談を求めて、じっと待っている。

「当分先だな」

巡検使とはいえ、使番である。鷹矢は一刻（約二時間）ほどの待機を覚悟した。

「なにをしておる。ついて参れ」

入り側の隅で小さくなっていた鷹矢を、安藤対馬守が呼んだ。

「はっ」

あわてて顔をあげた鷹矢は絶句した。

「越中守さま……」

安藤対馬守の隣に、松平定信が立っていた。

「越中守さま、勘定奉行の……」

「普請奉行でございまする」

松平定信の姿を認めた役人たちが次々に声をあげて、気を引こうとした。

「東城典膳正、行くぞ」

それらを無視して、松平定信が黒書院溜へと歩き始めた。

「急げ」

「は、はい」

一瞬呆然とした鷹矢だったが、ふたたび安藤対馬守に叱られて、あわてて立ちあがった。

「何者だ」

「東城典膳正……公儀御領巡検使であったはずだ」

さすがに勘定奉行は、旅費の支給を担当しただけあって、鷹矢の名前に思い当たった。

「どういうことだ。たかが巡検使を黒書院溜に」

普請奉行が怪訝な顔をした。

「我らよりも優先すべきことがあったか……お坊主どの」

勘定奉行久世丹波守広民が表情を引き締めた。

「なんでございましょう」

近くに控えていたお城坊主が久世丹波守の前で膝をついた。

「どのような話か、聞いてもらえぬか」

素早く腰に差していた白扇を久世丹波守がお城坊主に渡した。

財布や紙入れを持ち歩けない城中で、白扇は金の代わりとして使われた。家の格や石高、役目などで額は変わるが、白扇一本いくらとして扱われ、後日それをくれた人物の屋敷へ持ちこめば、金と引き替えてもらえた。

白扇の遣り取りならば、現金を差し出すよりも生々しくなく、お城坊主も受け取りやすい。いかに慣例とはいえ、城中で特定の相手から金をもらうのは、つごうが悪い。

「かたじけなく」

お城坊主がいそいそと白扇を受け取って、黒書院へと向かった。

「丹波守どの」

普請奉行が、久世丹波守の顔を見た。

「……………」

なにか訊きたそうな普請奉行を無視して、久世丹波守は目を閉じた。

普請奉行は、幕府の建築を一手に扱う。老中支配で役高二千石、役料五百俵を与えられた。諸大名に課すお手伝い普請を管轄することもあり、賄をもらう機会も多く、一度務めれば一代贅沢できると言われるほど裕福な役目であった。

普請奉行から勘定奉行へと昇進する者もあり、両者の関係はなかなかに難しい。普請奉行で大きな手柄を立てた者が出たとき、勘定奉行の誰かが解任され、その後釜に座ることもある。

また、金を遣う普請と少しでも経費を抑えたい勘定方では、いろいろな駆け引きもおこなわれる。

久世丹波守が己の知る情報を普請奉行に渡したくないと考えるのも無理はなかった。

「むうう」

無念そうに普請奉行が、お城坊主の背中を見た。

黒書院溜の奥へ座るなり、松平定信が口を開いた。

「典膳正、報告いたせ」

「はい」

命に首肯して、鷹矢は最初から話し始めた。

「浜名湖で……」

安藤対馬守が途中で声をあげた。

「黙れ」

松平定信が安藤対馬守をたしなめた。

「申しわけございませぬ。ですが、山科で襲われるならまだしも、浜名湖で待ち伏せをされるというのは、話が漏れたとしか思えませぬ。これはゆゆしき事態かと」

安藤対馬守は引かなかった。

「こやつを公儀御領巡検使にしたのは、別段秘事でもなんでもない。京に知られたとして当然じゃ」

松平定信が大したことではないと手を振った。

「それではございませぬ。問題は襲われたというところでございまする」

安藤対馬守が、鷹矢を指さした。

「東城が現地に着いて、巡検を始めた結果、つごうの悪いことを知られてしまった。ゆえに始末をと考えての襲撃ならば、想定の範囲。しかし、巡検を始めるどころか、現地についてさえいない、かなり遠い浜名湖で狙われた。これは東城の巡検の主目的をあらかじめ知っていたとしか思えませぬ」

安藤対馬守が反論した。

「おぬしの言うところも理解はしている」

気づいていると松平定信が応じた。

「それを含めての話は、こやつの報告を全部聞いてからにする。それまで控えておれ」

「わかりましてございまする。ご無礼をいたしました」

老中首座からそう言われては、若年寄といえどもそれ以上の口出しはできなくなる。

安藤対馬守が引いた。

「典膳正、続けよ」

「はい……」

執政二人の遣り取りを呆然として見ていた鷹矢は、松平定信に促されて、報告を再開した。

「……草津で従者どもと合流、その後はなんの異常もなく江戸へ帰着いたしました。以上でございまする」

かなりのときがかかったが、鷹矢はすべてを話し終えた。

「……ふむ。賦役ていどでは、罪とも言えぬな。公家領の探索は小堀をあぶり出しただけか」

「はい。問題は……」

松平定信と安藤対馬守が思案に入った。

「…………」

ねぎらいの一言もなく、鷹矢は放置された。

過程をすべて語ったとはいえ、鷹矢の用がすんだわけではない。そのまま鷹矢はじっと待った。

「対馬守、おぬしはどう見た」

ようやく松平定信が口を開いた。

「怪しいのは……」

二人が顔を見合わせた。

「因幡守じゃな」

断定したのは松平定信であった。

「……………」

声を出すほど愚かではなかったが、鷹矢は松平定信の言葉に、身体を震わせた。

「ほう、そなたも気づいていたか」

松平定信がしっかりと見咎めた。

「……………」

安藤対馬守が、鷹矢を睨みつけるように見た。

「ではないかと思っておりましただけで……」

あわてて鷹矢は言いわけをした。

「理由を申せ」

短く松平定信が要求した。

「理由と言うほどの……」

「前置きはよい。さっさとせい」

松平定信が急かせた。

「同じところから出された刺客であったといたしますと……」

執政に叱られるなど初めての経験である。鷹矢は泡を食って説明を始めた。

「腕利きの侍をあれだけ抱えるとなれば、二万石や三万石では到底かないませぬ」

二万石の軍役は、鉄炮、弓、槍足軽を入れて百四十五人ほどである。そのなかで士分は二十五人に過ぎない。三万石でも士分となると四十人ほどなのだ。そのなかでこの泰平の天明の世に、武芸達者が十人もいるとは思えなかった。

「お公家衆には禁裏侍というのがあると聞きましたが、鉄炮はございますまい」

推測の根拠を鷹矢は話した。幕府が禁裏に武力を持たせるはずはなかった。

「…………」

「これは……」

松平定信がじっと鷹矢を見つめ、安藤対馬守が感心した。

「よろしかろう。だいたい合っている」

うなずきながら松平定信が認めた。

「そなたへ手出ししてきたのは、戸田因幡守である」

松平定信が告げた。

「つよろしゅうございましょうや」

断言した松平定信へ、おそるおそる鷹矢は言った。

「理由を知りたいか」

「はい」

松平定信に確認されて鷹矢は首肯した。

「そなたが知らずともよい」

安藤対馬守がですぎたまねをするなと鷹矢を制した。

「襲われたのはわたくしどもでございまする。わけもわからず敵とはいえ、斬り捨てましてございまする。勝てましたゆえ、ここにおりますが、一つ違えば、草むらに骸（むくろ）を晒（さら）したのはわたくしでございました」

鷹矢は食いついた。

「むう」

死の恐怖など、若年寄が感じることなどあるはずもない。そう反論された安藤対馬守が詰まった。

「対馬守、よい」

松平定信が手を出した。

「教えてやろう」

「よろしゅうございますので」

安藤対馬守が目を大きくした。

「かまわぬ。それに、こやつは使える」

道具を見るような目を、松平定信が鷹矢に向けた。

「……………」

鷹矢は背筋に冷たいものを感じた。

「たしかに……」

まだ少しだけ暖かみのある、飼い犬を相手にするような感じで安藤対馬守が鷹矢を見た。

「なんのことでございましょう」

鷹矢は不安を感じた。

「所司代が敵だというのはな……」

鷹矢の新たな疑問には答えず、松平定信が話を戻した。

「因幡守は、主殿頭の腹心の一人であったのだ」

「田沼さま……」

出てきた名前に、鷹矢は息を呑んだ。

田沼主殿頭意次は、九代将軍家重、十代将軍家治の二代に仕えた。とくに家治の寵愛はすさまじく、六百石の家禄を最後は五万七千石まで加増したほどである。当然、身分も小納戸から老中にまで引きあげた。

すべてを任せるとまでいった家治の信頼を受けて、世間は皆、田沼主殿頭へと媚びた。だが、その反発は大きかった。

まず、田沼主殿頭に系譜を奪われた旗本佐野善左衛門が暴発、城中で若年寄になっていた嫡男田沼山城守意知を刺殺した。

嫡男を失って消沈した田沼主殿頭に止めをさしたのが、寵愛をくれた主君家治の死亡であった。

寵臣は主君と共に去る。これは摂理である。もっとも寵臣として権力を振るっていたときの対応とか、出自が名門であるなどの条件がつけば、せいぜい役職を退いて隠居するだけですむ。柳沢吉保（やなぎさわよしやす）や松平伊豆守信綱（いずのかみのぶつな）のように、次代へ無事に家を受け継がせた寵臣（ちょうしん）もある。

ただ田沼主殿頭は無理をしすぎた。賄賂で出世を世話した。それくらいならば、さほどの報復はなかった。金を出せる者と出せない者の間に差が付くのは世のなかの摂理である。

田沼主殿頭がよくなかったのは、幕府の根幹を変えようとしたことである。田沼主殿頭は、天候や災害で激しく上下する米ではなく、金で年貢を納めさせるようにと考えていた。

武士にとって土地は命である。その土地の価値を落とす。これは田沼主殿頭の生まれが、領地持ちではなく、禄米支給という小身であったから思いつけた。土地に対する思いが、浅かったのだ。上から禄をもらう。それが米であろうが金であろうが、同じである。

正論であった。しかし、先祖の功績を領地という形で受け継いできた名門には受け入れられなかった。

いつの世でも大きな改革は反発を買う。国を揺るがすほどの改変を考えるならば、十分なときをかけ、ていねいに根回しをし、その方が利になると理解させても、困難なのだ。

それを田沼主殿頭は、己の権力をもってすれば可能だと思いこみ、駆け上ったところで、はしごを蹴り倒された。

家治が死んだ途端、田沼主殿頭は老中を罷免され、蟄居させられた。なんとか家督は嫡孫に許されたが、相良五万七千石は取りあげられ、陸奥下村一万石へ減封となった。

まさに没落である。当然、田沼主殿頭に与していた者たちも、大なり小なり影響を受けた。

「主殿頭を幕閣から排除したが、その配下たちすべてを取り除くことはできなかった。なぜだかわかるか」

「政が回らなくなるからでございましょう」

問われた鷹矢が述べた。

「そうだ。全員を一掃できれば、世のなかもすっきりしたのだが、そうはいかぬ。主殿頭を支えてきた勘定方がよい例じゃ。もし、勘定方を全部辞めさせてみろ。明日幕府は動けなくなる」

松平定信が口の端をゆがめた。

勘定は武家の表芸ではない。どちらかといえば、算盤侍などと蔑視される技能である。誰も算盤の修業などしていない、まったくの素人なのだ。天下の勘定はややこしい。それを慣れていない者にさせるなど、考えただけで寒気のする話であった。

「まあ、そういった事情でな。まだ幕府のなかには主殿頭の引きが残っておる。戸田因幡守はその最たるものよ」

「ですが、それでは巡検使を襲う理由が……」

「わからぬか。簡単なことだ。あやつは、余がいつ手出ししてくるかと怯えているはずじゃ。そこに、余の音頭で公儀御領巡検使が出た。どう思う」

松平定信が続けた。

「これが普通の五畿内十国巡検使ならば、放置したであろう。普通の巡検使は代替わりで出るのが慣例のうえ、大名領しか巡検できぬ。まちがえても所司代には影響がない」

「わたくしが公儀御領巡検使であったから……」

「うむ。公儀御領となれば、所司代も知らぬ顔ではすまぬ」

「…………」

　ここにいたって鷹矢は、松平定信の意図が二段であったことに思い至った。松平定信は、公家領を監察させることで朝廷に圧迫を掛け、同時に京都所司代を罠にはめようとしていたのだ。

「お考えの通りに参りましたでしょうや」

「いいや」

　嫌みを言える立場ではない。遠慮がちに尋ねた鷹矢に、松平定信ははっきりと首を左右に振った。

「このていどでは、所司代を潰せぬ。証拠が何もない。あの二人を出したが、成果に乏しいわ」

　松平定信が不満を口にした。

「あの二人……」

　安藤対馬守が首をかしげた。

「気にするな。独り言じゃ」

追及を受け付けないと松平定信が言いながら、鷹矢を睨んだ。霜月と津川の話を他所でするなという松平定信の命だと、鷹矢は悟った。

「わかった。ご苦労であった。下がってよい」

ようやく鷹矢にねぎらいの言葉が与えられた。

「しばらく休むがよい。追って沙汰をする」

安藤対馬守が休暇を取れと告げた。

「かたじけのうございまする」

鷹矢は両手をついて謝意を表した。

四

黒書院溜から鷹矢が出ていくのを見送った松平定信が、安藤対馬守へ顔を向けた。

「どうだ」

「屋敷に似つかわしくない武道場を持つ腕だけの男かと思っておりましたが、頭も思いの外ましなようでございますな」

問われた安藤対馬守が答えた。

「ああ。聡いというほどではないのもよい。こちらの裏まで気づくようでは、後々手駒として使いにくいところだが……」

そこまで言った松平定信が、小さく笑った。

「ちょうどよい」

「…………」

無言で安藤対馬守が同意を示した。

「ただ、公家どもの相手は務まりましょうや。もっと世慣れていなければ、まずいのではございませぬか」

安藤対馬守が危惧した。

「公家どもは、妖怪よ。世慣れているという話ではない。先祖代々、人を操って生き延びてきたような連中だ。武家でちょっと世慣れたていどでは、太刀打ちできぬ。かえって、相手の意図を逆読みし、罠にはまるのが落ちだ」

「世慣れた者の反応をさらに読んで来ると……そこまでするほどの度胸が公家どもにございましょうや。幕府を罠にはめたとか、騙した、欺いたなど、知られれば無事ではすみませぬ。たとえ五摂家といえども取り潰されましょう」

松平定信の言葉に、安藤対馬守が疑問を呈した。

「公家は潰せぬ」

無念そうに松平定信が首を振った。

「なぜでございましょう。いかに千年続く名家であろうが、幕府の力をもってすれば、容易でございましょう。神君家康さまのお子がたでも将軍家は遠慮なさいませなんだ」

安藤対馬守がいう家康の子供とは、嫡男信康、六男忠輝のことだ。嫡男信康はまだ家康が天下を取る前ではあったが、武田勝頼との内通をもって切腹させられた。六男忠輝は、二代将軍秀忠への謀叛を理由に改易、殺されはしなかったが生涯流罪となった。少し趣は違うが家康の四男忠吉の尾張藩は、関ヶ原の傷がもとで当主が死亡し、まだ跡継ぎがいなかったことで廃藩の憂き目に遭っている。

「家康さまだけではございませぬ。三代家光さまは、弟忠長さまを改易、自刃させられました。将軍家の弟君でさえ、死を賜るのでございまする。たかが三千石以下の公家など、蚊をひねり潰すよりも……」

「もうよい」

延々と喋る安藤対馬守を松平定信が手を挙げて制した。

「これはご無礼を……」

安藤対馬守があわてて謝罪した。

若年寄は執政に数えられるが、その権限は小さく、老中に比べるのもおこがましい力しか持っていない。

老中首座、田沼主殿頭意次を葬った松平定信の勢威は、将軍家斉をもしのぐ。安藤対馬守を若年寄から放り出すなど、煙草(たばこ)を一服吸う間でやってのける。

「そなたの心意気は感じた」

怯えた腹心に、松平定信が述べた。

「畏れ入りまする」

怒りを買うところまでいかなかったと安藤対馬守がほっと安堵のため息を吐いた。

「なぜ公家が潰せぬか、教えてやろう」

松平定信が口にした。

「ご教示をお願いいたしまする」

安藤対馬守が姿勢をただした。

「幕府は、陪臣に口を出さぬ」

「はい」

幕府は直臣を支配するだけで、陪臣は相手にしない。これは、幕府の権威の問題である。陪臣がなにをしようとも気に留めない。こういう形で、幕府は権威を維持している。

もちろん、陪臣でもごく一部は例外になった。

一つは謀叛であった。陪臣が倒幕を企んだとなれば、相手にしないとは言っていられなくなる。その陪臣の主はもとより、藩ごと踏みつぶして思い知らさなければ、天下に範を垂れられない。

次が徳川の一門に繋がる家の家臣であった。御三家を例にとるまでもなく、徳川家には一門がある。それらはすべて徳川家康の血を引く子、孫などが、将軍家から分離して立藩していた。そのとき、幕府から家臣が付けられる。もちろん、石高に見合うだけの家臣を出すわけにはいかない。そんなことをすれば旗本の数が減りすぎて、幕府の武力にかげりが出てしまうからだ。だが、家老や組頭などの重職は旗本からあるいは、その一族から選ばれた。これは分家する一門の傅育も兼ねているからである。それだけに責任も重かった。傅育あるいは附け家老に選ばれた者は、相応の石高を与えられるが、主家に失政あるいは騒動が起こったときは咎めを受けた。越後高田松平で起こった騒動での筆頭家老小栗美作、駿河大納言忠長の附け家老、朝倉、鳥居などが、その代表例である。

「基本、幕府が陪臣になにかあるときは、その主家に命じて罰を与えさせる」

松平定信が続けた。

「これも忠義の根本だからだ。侍の忠義は直接の主君に向けられなければならぬ。己の主君より上に従うという形はよろしくない。その理由はわかるな」

「はい。朝廷、いえ帝でございますな」

すぐに安藤対馬守は応じた。

「そうじゃ。帝は我が国の主である。将軍といえども、その家臣でしかない。もっとも、力なき主ゆえ、幕府に対抗なさらぬが。もし、上からの命に従えとなれば、帝が倒幕を勅されれば、天下すべての武家が敵になる。大名だけではない、旗本さえも牙剝く」

「むうう」

安藤対馬守がうなった。

「それだけはなんとしても避けねばならぬ。ゆえに、忠義は一人主君に捧げるものとした。まあ、いろいろと解釈できるように、緩くしてあるがな」

「なるほど」

小さく笑った松平定信に、安藤対馬守が納得した。

「さて、公家は幕臣ではない」

「…………」

黙って安藤対馬守は聞いた。

「では、誰の家臣か」

「帝」

安藤対馬守が答えた。

「そうだ。そして帝は形だけとはいえ、将軍の主君である。わかるか、公家どもは、どれほどの端（は）公家でも、徳川と同格なのだ」

「お言葉ではございますが、過去、公家を幕府が追放した例がございまする」

「あるな。宝暦の竹内式部が直近か」

　松平定信が認めた。

　竹内式部は徳大寺家の家臣である。もとは医師であったというが、いつの間にか京で知られた勤王家となっていた。天照大神を祖とする天皇家が日本の支配者であるという垂加神道を説いたことで幕府の忌避に触れ、京から追放となった。

「あやつは、一条から話があったのよ」

「一条さまから」

　出てきた名前に安藤対馬守が目を剝いた。一条とは、五摂家の一人関白一条道香のことであった。

「もとは公家の勢力争いよ。垂加神道という思想に染まった若い公家どもが、幕府に従うだけの五摂家に反旗を翻し、朝議を手にしようとした」

「それくらい五摂家で排除できなかったのでございますか」

　安藤対馬守が疑問を口にした。

　五摂家は大化の改新を成し遂げた中臣鎌足、後の大織冠藤原鎌足の子孫であり、代々関白、摂政、大臣職を独占するだけでなく、天皇の中宮のほとんどを出している。

まさに、公家のなかの公家であり、朝廷において他の家の追随を許さない権力を誇っていた。

「一条以外で当主の早死にが続いてな、他の四家はまともに機能していなかったらしい」

松平定信が話した。

「五家が手を組んで来たからこそ、朝廷を牛耳続けられた。その五家の網が弱まった。そこを突かれた形になった一条は、幕府を利用した」

「ときの帝はなにも仰せではなかったので」

安藤対馬守が訊いた。

「桃園天皇であらせられたが、桃園天皇もまだご宝算十八とお若かった。摂政から関白と支えてきた一条の言葉を拒まれるほどではなかったようだ」

松平定信が告げた。

「これは向こうから求めてきたことじゃ。他に幕府からの紫衣事件などもあるが、あれはかなり前のころ。幕府が朝廷の権を削ぐことを目的としていた時代。今は、朝廷と幕府はうまく流れている。このときに、わざわざさほどでもないことで波風を立てたいとは思うまい。ゆえに公家を幕府が直接罰せぬようにしている。もっとも、あからさまに人を殺したあるいは、盗みをした、幕府転覆を謀ったなどの証しが出れば別じゃ」

一度、そこで松平定信が言葉をきった。

「別……」

込められた意味に、安藤対馬守が唾を呑んだ。

「鉄槌を下す」

「………」

宣した松平定信に、安藤対馬守が黙った。

「それには京都所司代が、儂と違う考えでは困る」

「はい」

安藤対馬守が首肯した。

「そなたもそろそろ遠国を経験しておく頃合いであるな」

松平定信が、安藤対馬守を見た。

「かたじけないことでございまする」

安藤対馬守が頭を下げた。

若年寄からの遠国勤務は、二つしかなかった。大坂城代と京都所司代である。そして、このどちらかを経験した者が江戸へ帰るとき、そのほとんどは老中にのぼる。松平定信は、戸田因幡守を所司代から追い落とした後に、安藤対馬守を入れると言ったのであった。

「話を戻すぞ」

「はっ」

出世まで約束されたのだ。安藤対馬守はすなおにうなずいた。

「まず絶対になさねばならぬのが、一橋民部の大御所認定だ」

腹心と二人きりの場である。松平定信が恨みのある一橋治済に敬称を付けなかった。

「上様のお望みでございますゆえ」

「そうだ。そうでなければ、なぜ儂が、一橋ごときのために働かねばならぬ」

憎悪も露わに松平定信が吐き捨てた。

十代将軍家治の嫡子家基が急死したとき、将軍候補だったのは家斉と松平定信の二人であった。それを一橋治済は田沼主殿頭と組んで、松平定信の養子を早め、家臣の籍へ追い落とし、将軍継嗣の資格を奪った。

「御老中さま」

怒りを露わにした松平定信を安藤対馬守が宥めた。

「わかっておる。儂が老中首座であり、田沼主殿頭を幕閣から追放し、領地を削り取れたのも、上様の後ろ盾があってこそだ」

大きく息を吸って松平定信が気を落ち着けた。

「昨今、儂の政策に逆らう者が出だした」

「…………」

配下としては、上司に敵対する勢力が増えていることを肯定するわけにはいかない。かといってあからさまな否定は、追従と取られる。ここは沈黙が正解であった。

「主殿頭のころの旨みを忘れられぬ商人どもと、商人から金をもらっている役人どもだ」

田沼主殿頭がおこなった金を遣うことで、経済を回そうとしたやり方は、その効果を実感させる前に、本人の失脚で潰えた。

後に残ったのが、後の稔りを期して撒かれた金である。なんの成果も出さずに遣われた金は、浪費と言われる。

そして浪費は、幕政に大きな傷となった。なにせ露骨にわかる。幕府が貯蓄していた金が何十万両という数字で減っているのだ。

勘定方の役人たちは、己の責任ではないとばかりに、そのすべてを田沼主殿頭に押しつけ、知らん顔をした。

ここで投資した金額が、後に利を生むと松平定信へ説明する者が、一人でもいればまだなんとかなったかも知れなかった。

「…………」

だが、誰一人として声をあげなかった。松平定信の田沼主殿頭への仕打ちの激烈さに、皆保身に回ったのであった。

「金を遣うな」

無駄遣いの次に来るのは、金を遣わない政策である。

遣わなければ、金は貯まる。たしかに真実だ。と同時に政としては下策であった。あからさまな無駄遣いは厳に戒めるべきである。不要な普請をする。使う予定のないものを買う。値段を比較せず、相手の言うままに払う。これらすべては改革しなければならない。他にもなにをしているかわからないような役人の人員整理も良策には違いない。

これらは執政が念頭に置くべき事象であった。名宰相と言われるには、これらすべてをなさなければならない。

だが、問題はその先にあった。

執政は蓄財を目的としてはならない。幕府が取りこめば、天下に回る金がなくなる。金がなくなれば、ものは売れなくなる。売り買いが減れば、商人は困り、ものを仕入れなくなる。仕入れがなくなれば、ものを作る職人の仕事が減る。仕事が減った職人、商人も金を遣えなくなり、食料の消費の我慢をする。となれば、百姓も困る。

一つまちがえば、天下万民が困る。これが倹約令であった。

「きなくさい動きを昨今勘定方がいたしておる」

「愚かな」

松平定信に下僚たちが逆らおうとしていると聞いた安藤対馬守が頭を振った。

「そうだ。馬鹿ばかりよ。幕府百年のために儂は働いている。それを一年、いや一カ月先も見ようとしない者どもは、わからぬ。家康さまが幕府を作られてから百八十年余、このままでは幕府が腐ってしまう。幕府は最強でなければならぬ。そして武士は強くなければの。武士が弱くなれば、庶民に侮られる。侮りはやがて反抗にいたる」

「仰せのとおりでございまする」

安藤対馬守が同意した。

「幕府を今一度創世のころのように、強固なものに戻さねばならぬ。そのために、もっとも大事なことは、武士の贅沢、怠惰、脆弱を糺す。ゆえに倹約を命じたのだ」

「正しきご判断でございましょう」

「武士にとって金は、武具を整えるもの、多くの家臣を養うためのもの。それ以外の目的は不要じゃ」

「はい」

「……なれど、おぬしのように儂の真意がわかる者ばかりではない」

「無能者ばかり」

「たしかにそうだがな。皆が有能では困る。儂の真意に気づくだけならばよいが、その裏を取ろうと画策されてはたまらぬ。下は愚かでいい。言われるとおりに動くだけでな。儂が右を向けと言えば、死ぬまで右を向いているだけでいい」

「…………」

安藤対馬守が沈黙した。

「ただそうさせるには、儂が絶対の権を維持していなければならぬ」

腹心の反応を無視して松平定信が続けた。

「だから大御所称号はなんとしても取らねばならぬ。それも吾が手でな。決して戸田因幡守の手柄にしてはならぬ」

松平定信が激した。

「戸田因幡守を押さえ、そのうえで公家たちを取りこむ。それをせねばならぬ」

「困難でございまする。東城ごときに果たせましょうや」

安藤対馬守が懸念を表した。

「あやつにそこまで望むか。五百石の若年にできるはずはない」

あっさりと松平定信が否定した。

「ではなにを」

「囮よ」

「……囮」

安藤対馬守が驚いた。

「そうだ。戸田因幡守の目と公家たちの意識を集めるためのな」

「そのために、公儀御領巡検使などという埃まみれの役目を……」

「見事、戸田因幡守が引っかかってくれた」

松平定信が鼻先で笑った。

「公家の動きが、今ひとつわからぬのが不満ではあるがの」

「東城へ手出しをして参りませなんだ」

安藤対馬守も首を縦に振った。

「そこがいささか気に入らぬ。公家は戸田因幡守ほど愚かではなかったということだ」

小さく松平定信が嘆息した。

「とはいえ、それも巡検使だからできたことよ。禁裏付となれば、そうもいくまい」

「直接かかわって参りますだけに」

安藤対馬守も納得した。

「あやつに気を奪われている間に、こちらが公家どもを切り崩す。その役目、任せてよいな」

「是非、お任せくださいませ。御老中さまのお心のままに」

安藤対馬守が引き受けた。

「ではの」

松平定信が腰をあげた。

「………………」

見送り代わりに、安藤対馬守が平伏した。

「……ああ」

黒書院溜の襖に手を掛けた松平定信が振り向いた。

「なにか」

「東城は独り者であったな」

「はい。まだ妻はおりませぬ。妾もないようでございまする」

鷹矢のことは調べあげている。安藤対馬守が告げた。

「それはよろしくないの。京で女をあてがわれてはまずかろう」

「気がつきませなんだ」

松平定信の言ったことに、安藤対馬守がうなだれた。

「こちらの手の者を出せ」

「色々と調べなければなりませぬ。裏で朝廷や主殿頭残党と繋がっていないかどうかまで」

「どれくらいでできる」

「半年は……」

「阿呆。半年も放置しておけば、公家が用意した女が孕(はら)みかねぬ」

松平定信があきれた。

「しかし、調べに穴があってはなりませぬ」

「……三カ月じゃ。三カ月で京へ出せ……」

そこまで言った松平定信が、安藤対馬守を見た。

「なにか……」

「おぬしに娘はおらぬのか」

「あいにく男三人でございまして」

安藤対馬守が首を左右に振った。

「そうか。では急げ」

　そう残して松平定信が襖を開けた。

　休暇を与えられて五日、鷹矢は暇をもてあましていた。

「まだお報せは参りませぬな」

　三内が不安そうな顔をした。

「いろいろとあるのだろう。公儀御領巡検使が襲われたのだ。その下手人を探るためには、道中奉行や京都町奉行などを動かさねばならぬからの」

　鷹矢はあまり気にしていなかった。

「しかし……」

　三内がまだ納得していなかった。

「巡検を完遂されたわけではないのでございましょう」

「それは……」

　言われればその通りであった。

「東城典膳正、明日丑の刻（午後二時ごろ）登城いたせ」

翌日、使番の同僚が屋敷に来た。

「午後からのお呼び出し」

鷹矢は唖然とした。

幕府には、みょうな慣習があった。慶事は午前中、凶事は午後というものである。これは、うれしいことは少しでも早く、嫌なことは少しでも遅くという気遣いから出たといわれているが、かえって吉凶を使者が来た段階でわかってしまうという微妙なものとなっていた。

「若……」

使者が帰ったあと、三内が泣きそうな顔をした。

「すまぬな」

鷹矢は長く仕えてくれている用人に、詫びるしかできなかった。

翌日指定された刻限に登城した鷹矢を安藤対馬守が待っていた。

「東城典膳正、公儀御領巡検使の任を解き、使番から外す。屋敷にて待機しておれ」

「対馬守さま」

「わかったな」

理由を問おうとした鷹矢にそれ以上言わさず、安藤対馬守が伝達を終えた。

「巡検使は気を抜けぬ」

その日のうちに、鷹矢の罷免は江戸城に広まった。

「東城は任をしくじった。そのためにもとの役目使番まで奪われた。こう皆は受け取るだろう。さて、馬鹿はどうでるか」

松平定信が口の端をゆがめた。

さっそく京へ向かっていくつもの使者や飛脚が出た。

「……これだけの大名、旗本が京へ報せを」

安藤対馬守からの報告を受けた松平定信が苦い顔をした。

「思ったよりも多い」

「いかがいたしましょう」

「今は見張るだけでいい。本番は、東城をもう一度京へやってからじゃ」

「はい」

松平定信の指示に、安藤対馬守がうなずいた。

翌日、ふたたび鷹矢の屋敷に使番が来た。

「明朝四つ（午前十時ごろ）、登城し、黒書院控にて待て」

「今度はなんだ」

「慶事でございましょうが……」

日の経たないうちのことだ。鷹矢と三内は戸惑った。

「悪いことではないはずだ」

首になった翌々日に呼び出し、前例のない状況に鷹矢は、慣例にすがるしかなかった。

新たな呼び出しに応じた鷹矢を、今度は松平定信が待っていた。

「東城典膳正、禁裏付を命じる。役目のある間、五百俵をお足しおかれる」

「えっ……」

あたらしい役目に、鷹矢は目を剝いた。

禁裏付は、定員二名で芙蓉の間詰、老中支配である。役高千石、役料千五百俵を与えられる。使番や巡検使よりも格上であった。

「禁裏付の役を存じおるか」

「申しわけございませぬ。まったくわかりませぬ」

松平定信の問いかけを受けた鷹矢は正直に首を左右に振った。

「それも当然であろう」

松平定信が叱らずに説明した。

「禁裏の内政を司る口向を差配し、女中を監督する。幕府諸役と武家伝奏の間を取り持ち、禁裏の警衛も担う。あと内裏の普請を奉行する」

「……………」

鷹矢はその内容に驚いていた。とくに最後の内裏普請の奉行は、重要であった。天皇の御座所、江戸城でいうなら中奥と大奥の普請、そのすべてを管轄しなければならないのだ。わずかな失敗で首が飛びかねない。

「だが、なにより重き役目は、朝廷のなかで起こった事件の探索、犯人の捕縛である」

声をなくしている鷹矢に、松平定信はさらなる衝撃を与えた。

「禁裏の探索……」

鷹矢は絶句した。

「わかったな」

「は、ははあ」

老中首座の命に逆らえるはずなどない。鷹矢は平身低頭して受けるしかなかった。

「励め」

「…………」

そう言って黒書院から去っていく松平定信を、鷹矢は呆然と見送った。

この作品は徳間文庫のために書下されました。

徳間文庫

禁裏付雅帳㈠

政争（せいそう）

2015年10月15日 初刷
2021年6月30日 2刷

著者 上田秀人（うえだひでと）

発行者 小宮英行
発行所 株式会社徳間書店
東京都品川区上大崎三-一-一 〒141-8202
目黒セントラルスクエア
電話 編集〇三（五四〇三）四三四九
販売〇四九（二九三）五五二一
振替 〇〇一四〇-〇-四四三九二
印刷
製本 大日本印刷株式会社

ISBN978-4-19-894021-8 （乱丁、落丁本はお取りかえいたします）

上田秀人「お髷番承り候」シリーズ

一 潜謀の影(せんぼうのかげ)

将軍の身体に刃物を当てるため、絶対的信頼が求められるお髷番。四代家綱はこの役にかつて寵愛した深室賢治郎を抜擢。同時に密命を託し、紀州藩主徳川頼宣の動向を探らせる。

二 奸闘の緒(かんとうのちょ)

「このままでは躬は大奥に殺されかねぬ」将軍継嗣をめぐる大奥の不穏な動きを察した家綱は賢治郎に実態把握の直命を下す。そこでは順性院と桂昌院の思惑が蠢いていた。

三 血族の澱(けつぞくのおり)

将軍継嗣をめぐる弟たちの争いを憂慮した家綱は賢治郎を密使として差し向け、事態の収束を図る。しかし継承問題は血で血を洗う惨劇に発展――。江戸幕府の泰平が揺らぐ。

四 傾国の策(けいこくのさく)

紀州藩主徳川頼宣が出府を願い出た。幕府に恨みを持つ大立者が沈黙を破ったのだ。家綱に危害が及ばぬよう賢治郎が目を光らせる。しかし頼宣の想像を絶する企みが待っていた。

五 寵臣の真(ちょうしんのまこと)

賢治郎は家綱から目通りを禁じられる。浪人衆斬殺事件を報せなかったことが逆鱗に触れたのだ。事件には紀州藩主徳川頼宣の関与が。次期将軍をめぐる壮大な陰謀が口を開く。

六 鳴動の徴（めいどうのしるし）

激しく火花を散らす、紀州徳川、甲府徳川、館林徳川の三家。甲府家は事態の混沌に乗じ、館林の黒鍬者の引き抜きを企てる。風雲急を告げる三つ巴の争い。賢治郎に秘命が下る。

七 流動の渦（るどうのうず）

甲府藩主綱重の生母順性院に黒鍬衆が牙を剝いた。なぜ順性院は狙われたのか。家綱は賢治郎に全容解明を命じる。身命を賭して二重三重に張り巡らされた罠に挑むが――。

八 騒擾の発（そうじょうのはつ）

家綱の御台所懐妊の噂が駆けめぐった。次期将軍の座を虎視眈々と狙う館林、甲府、紀州の三家は真偽を探るべく、賢治郎と接触。やがて御台所暗殺の姦計までもが持ち上がる。

九 登竜の標（とうりゅうのしるべ）

御台所懐妊を確信した甲府藩家老新見正信は、大奥に刺客を送って害そうと画策。家綱の身にも危難が。事態を打破しようとする賢治郎だが、目付に用人殺害の疑いをかけられる。

十 君臣の想（くんしんのそう）

賢治郎失墜を謀る異母兄松平主馬が冷酷無比な刺客を差し向けてきた。その魔手は許婚の三弥にも伸びる。絶体絶命の賢治郎。そのとき家綱がついに動いた。壮絶な死闘の行方は。

全十巻完結